Norrlandse aquavit

Torgny Lindgren

Norrlandse aquavit

Uit het Zweeds vertaald door
Bertie van der Meij

DE GEUS

Deze uitgave is mede tot stand gekomen dankzij een bijdrage van
de Stichting Fonds voor de Letteren

Deze uitgave is mede mogelijk gemaakt dankzij een bijdrage van
de Zweedse Cultuurraad te Stockholm

Oorspronkelijke titel *Norrlands Akvavit*, verschenen bij Norstedts/
Norstedts Agency
Oorspronkelijke tekst © Torgny Lindgren, 2007
First published by Norstedts, Sweden in 2007. Published by
agreement with Norstedts Agency.
Nederlandse vertaling © Bertie van der Meij en De Geus bv,
Breda 2009
Omslagontwerp Studio Ron van Roon
Omslagillustratie © Bård Løken
Druk Hooiberg Salland, Deventer
isbn 978 90 445 1312 7
nur 302

Smachtend verheft de ziel zich van de aarde,
Vanuit het hemelruim gesterkt door eng'lenbrood.
Een droom zijn leven, zaligheid en dood;
Ons werk is ijdelheid, ons weten zonder waarde.

Erik Johan Stagnelius

Eenmaal per jaar kocht Ivar een fles sterkedrank in Skellefteå.

Toen het zijn beurt was en hij naar de toonbank liep, zei hij dat hij deze keer geen Renat of Kronvodka of Absolut wilde, het mocht best wat kleur hebben of anders in elk geval een smaakje.

Hij observeerde de vrouw achter de toonbank nauwlettend, er was iets aan haar wat kennelijk plotseling zijn aandacht trok; zo te zien was ze in de zestig, haar haar zat boven op haar hoofd in een stijve knot gedraaid.

Dan zou ik een aquavit nemen, zei ze. Die zijn er in de smaken dille of kummel. Wat denkt u van Skåne? OP? Herrgårds? Ödåkra?

Ivars blik scheen als aan de knot gekluisterd. De vrouw merkte het blijkbaar, met haar rechterhand controleerde ze of hij nog goed vastzat.

Ik ben geen deskundige, zei Ivar. Het klinkt allemaal lekker.

Als ik een voorstel mag doen, zei de vrouw, dan zou ik zeggen: neem Norrlandse aquavit. Oude Norrlandse aquavit past overal bij en is geschikt voor alle gelegenheden. Ik neem zelf iedere dag een klein glaasje. Product-nummer tweehonderdtweeënzestig. Vrij veel venkel.

Nu kon Ivar zich niet langer inhouden.

Dat haar van u, zei hij. Dat doet me denken aan iets uit mijn allereerste levensjaren. Maar wat, dat kan ik me niet herinneren.

Makkelijk genoeg, zei de winkeljuffrouw. Toen ik heel jong was, hoorde ik bij een kerk waar we allemaal ons haar in zo'n knot hadden. Allemaal bekeerlingen. Die bekering heb ik algauw afgeschaft. Maar het kapsel heb ik gehouden.

Goed, zei Ivar. Norrlandse aquavit. Doe die maar.

Hij is echt heel populair, zei de vrouw. Kummel en anijs. En venkel, zoals ik al zei. Als aperitief. Of bij haring. Om maar te zwijgen van een slokje zo uit de fles.

Ik kom uit Neder-Avabäck, zei Ivar. Daar zijn we niet zo.

Eenvoudig gezegd, zei de vrouw, en haar stem had een plechtige klank gekregen, drie gewassen uit de familie van de Umbelliferae, de schermbloemigen, drie genees-krachtige kruiden die op gelukkige wijze zijn verenigd in het water des levens. En tot slot veredeld met behulp van een paar druppels sherry. Wilt u een tasje?

Toen hij thuiskwam, zei hij tegen Asta: We kunnen Torvald wel een slokje laten proeven. Als hij een keer langskomt.

En Asta las het etiket. Oud? zei ze. Wat bedoelen ze nu met oud?

Of Eskil van Svanliden, zei ze ook. Ik zet hem zolang in Eberhards buffetkast.

Daar, achter in die kast, vond ze een andere fles. Die

was vrijwel hetzelfde, het enige verschil was het plaatje van het landschap op het etiket, de waterval op Ivars fles stortte steiler naar beneden, maar was ook meer gladgestreken.

Die moet hier al die jaren hebben gestaan, zei Asta. Zonder dat wij het wisten.

Eberhard had zo zijn geheimpjes, zei Ivar. Het schijnt dat als je in zijn tijd sterkedrank dronk, dan was er geen genade meer, dan belandde je in de hel en in het eeuwige vuur.

Nu maakt het niets meer uit, zei Asta. Nu hij dood is.

En ze zette beide flessen op de bovenste plank van de buffetkast.

R ond die tijd keerde Olof Helmersson naar de omgeving terug, drieëntachtig jaar oud. Niemand wist nog met zekerheid te zeggen hoelang hij weg geweest was.

In Lycksele hoorde hij dat er geen retourtjes meer bestonden, die waren afgeschaft. Behalve enkele reizen had je natuurlijk strippenkaarten, maandkaarten en jaarkaarten, maar de enkele reis was zogezegd standaard.

Een enkeltje Avabäck, zei hij toen maar. Kost de fiets ook nog wat?

Nee, zo'n vouwfiets, zei de buschauffeur, dat is handbagage, anders niet.

Hij was de enige passagier, hij ging op de invalidenzitplaats zitten, schuin achter de chauffeur. Ik zou de weg nog moeten weten, zei hij. Maar ik herken 'm niet. Eigenlijk zou ik 'm van buiten moeten kennen, net als de tien geboden.

Een militaire weg, zei de chauffeur, is nogal eentonig. Heb je één kilometer gezien, dan heb je ze alle zevenhonderd gezien.

Het is veertig jaar geleden, zei hij. Veertig jaar geleden. Of zijn het er pas vijftig. Er is veel veranderd. Alles is veranderd. Behalve de namen van de gehuchten en boerderijen. Annsia. Norräng. Lyckan. Karlsgård. Husbondliden.

Karlsgård, zei de chauffeur, is naar Karel de Vijftiende genoemd.

Het meeste is onveranderlijk en blijvend, zei hij ook nog. Behalve de mensen.

Ongeveer langs deze weg, zei de man die dus na lange tijd naar deze omgeving was teruggekeerd, min of meer langs deze weg kwamen de eerste pioniers en kwam Linnaeus op zijn reis door Lapland, en Linnaeus' leerling Zetterstedt. En koning Karel de Vijftiende, toen hij de drooglegging van de moerassen in het binnenland van Västerbotten kwam bezichtigen. En de schilder Osslund.

En ikzelf, zei hij.

Ja, zei de chauffeur. Er zijn er heel wat gekomen.

Af en toe ging hij rechtop zitten en draaide zijn hoofd naar opzij, zijn blik op een of ander punt in het landschap gevestigd, misschien viel er toch iets te herkennen daarginds. Dat deed hij ook toen ze door een van de schaars bebouwde, langgerekte dorpen op de hoogte boven de rivier reden, hij stond zelfs op en leunde met handen en voorhoofd tegen de ruit, terwijl hij een met wilgen begroeid veld tussen twee van de boerderijen bestudeerde.

Eigenaardig, zei hij nadat hij weer was gaan zitten, ik kon de kapel niet zien.

Die is afgebrand, zei de chauffeur. En niemand heeft de moeite genomen hem weer op te bouwen.

In deze tijd, begin juni, stond het smeltwater afkomstig van de kruin van de Avaberg nog in de greppels en het lichtgroene berkenrijs leek bijna doorschijnend. Hij stapte uit bij de splitsing boven Lillåberg. Zal ik u op de terugweg weer oppikken? vroeg de chauffeur.

Mettertijd wel, zei hij. Mettertijd wel.

Hij fietste naar Neder-Avabäck, op het laatste stuk bergop stapte hij af en nam zijn fiets aan de hand mee. Op de bagagedrager zat zijn zwarte leren koffertje met ondergoed, pyjama en toilettas. Onder de pas uitgekomen lijsterbes bij de garage van Eberhard Lundgren bleef hij even staan, dat moest wel vanwege zijn ademhaling. Hij was nu eenmaal drieëntachtig jaar. Vervolgens zette hij zijn fiets tegen de muur van het huis.

Hij ging zonder kloppen naar binnen en zei, terwijl hij zijn knokige, magere hand uitstrekte om de mensen binnen te begroeten: Ik ben het, Olof Helmersson.

De mensen binnen mompelden hun namen: Ivar en Asta.

Eigenlijk ben ik op zoek naar Eberhard, zei hij.

De transistorradio op het aanrecht speelde *Let's Kill Ourselves A Son*.

Eberhard, zei Ivar, die is al jaren dood. De grote massa is hem al vergeten.

Hij was een halfbroer van mijn grootmoeder, zei Asta. Dus wij hebben zijn huis geërfd.

Toen vroeg Olof Helmersson of hij even op de keukenbank mocht gaan zitten. Door het raam aan de westkant was de gevel van de kapel te zien, niet langer witgeschilderd maar geel. Terwijl hij sprak, sidderde en trilde de geplooide, lege huid bij zijn magere keel.

Dat, barstte hij uit, had hij nooit kunnen denken, terwijl hij zich toch echt tot het uiterste had ingespannen om zich alles voor te stellen. Hij was ervan overtuigd geweest dat Eberhard hem hier in de keuken tegemoet zou komen, hij zou uit de achterkamer komen en ze zouden elkaar omarmen. Ik heb waarachtig op je gewacht, zou Eberhard zeggen, ik heb altijd geweten dat je terug zou komen, het was alleen maar een kwestie van tijd. Er zijn wat zaken waarover wij hier in deze streek je wat hebben te vragen. Er is geen dag voorbijgegaan zonder dat we aan je hebben gedacht en over je hebben gesproken, Olof Helmersson. Je bent wat ouder geworden, toegegeven, maar heus, wij weten dat je dezelfde bent, dat je wezen onveranderlijk is, dat je een rots bent waarop wij kunnen bouwen!

Hoe is hij gestorven? Eberhard?

Hij is niet op een bijzondere manier gestorven, voorzover wij weten. Rustig overleden, stond er in de krant.

Verder niets?

Nee, verder niets.

Hij had zich ook voorgesteld dat Eberhard onmiddellijk een hapje eten voor hem zou neerzetten, hij was immers helemaal uit Umeå gekomen, met een uur oponthoud in Lycksele, nogal een reis voor een man zonder proviand voor onderweg. Hij had zich een stuk zultspek uit Slagerij Holmlund in Bastuträsk voor de geest gehaald en een brok romige kaas uit de zuivelhandel in Norsjö en een van de donkere broden van Herta Lyxell. En misschien zelfs zelfgekarnde boter uit Gransjö. Maar nu besefte hij met ontzetting dat hij Eberhard nooit meer zou zien.

Holmlund is opgeheven en de zuivelhandel is gesloten en Herta Lyxell is dood, zei Asta. En in Gransjö woont niemand meer.

Zelfs bij ons in de provincie gebeurt nog weleens wat, zei Ivar.

Nee, zei Olof Helmersson, zijn verstand en zijn fantasie schoten hier allebei tekort! Dat er een aantal Lindgrens en Burvalls overleden zou zijn, dat had hij wel voorzien, in die families had je immers niet alleen muzikaliteit en een neiging tot het artistieke, maar ook de sedert lang sluimerende longtuberculose, om maar te zwijgen van andere zwakten. Maar Eberhard! Eberhard?

Ivar en Asta waren aan de keukentafel gaan zitten. En Asta vroeg: Wilt u wat eten?

Ik wil me niet opdringen, zei hij. Ik ben met heel weinig tevreden.

Naarstig kauwend op het gerookte rendiervlees en het Norrlandse dunne brood vervolgde hij even later: een afgetakelde of ouder wordende Eberhard kon hij zich van zijn kant trouwens niet voorstellen en een dode Eberhard al helemaal niet, nee, voor hem was Eberhard nog steeds penningmeester van de jeugdvereniging en organisator van de zangdiensten en leider van de gemeente.

Daarbij kon hij in zijn eentje een uit graniet gehouwen paal voor een hek optillen en versjouwen.

En waar moest hij nu slapen?

Het was zo vanzelfsprekend geweest: ik slaap bij Eberhard.

De transistorradio speelde nu *In The Future When All Is Well*. Het was bijna negen uur in de avond, maar de zon stond nog hoog boven de kapel.

Het bed staat er nog, zei Asta. Opgemaakt en wel, zoals het er altijd heeft gestaan, zoals het was toen wij het erfden, wij hebben er niet aan willen komen.

God weet wanneer er voor het laatst iemand in geslapen heeft, zei Ivar.

Even later stonden ze in de kamer naar het bed te kijken.

Dat was dus het predikantenbed.

Het had een hoge houten rug aan de lange zijde, voorzien van een gemarmerde verflaag en bekroond door een fries met snijwerk van bloemenranken en drie gedraaide spitsen; ook de panelen aan hoofd- en voeteneinde hadden aan de voorkant snijwerk van roosjes en gelijksoortige, maar iets lagere en eenvoudiger spitsen. De poten waren geschilderd met bronstinctuur. De hoge, gewelfde peluw was bedekt met een gehaakte witte kanten sprei. Aan het hoofdeinde lag een geborduurd kussen, getooid met de Wasa-korenschoof, een adelaar en twee kronen, het wapen van het geslacht Bernadotte.

De eerste die erin heeft geslapen, zei Ivar, moet Karel de Vijftiende zijn geweest.

Of de bisschop die bij hem was, zei Asta.

Je kon eigenlijk nooit zeker weten, zei Ivar, waar Karel de Vijftiende 's nachts sliep.

En sindsdien, zei Asta, zijn er talloze predikanten geweest. Degenen die op rondreis waren. Om maar te zwijgen van de evangelisten. Dominee zelf sliep waarschijnlijk op zolder in de kapel.

Ja, zei Olof Helmersson. Dat deed hij inderdaad.

Het heeft zelfs in de krant gestaan, zei Ivar. Het bed.

Ja, zei Olof Helmersson, in zulke machtige bedden moet men slapen met toewijding en eerbied. Het is niet iedereen vergund een dergelijke legerstede in bezit te nemen.

Is het wel goed genoeg, denkt u? vroeg Asta.

Het is goed genoeg, zei Olof Helmersson.

De volgende ochtend, bij de koffie, vroeg hij naar Manfred Marklund, de man die in de krant schreef. Ik zal maar bij hem beginnen, zei hij. Datgene waar ik voor kom, dat lukt alleen wanneer je de massamedia mee hebt.

Manfred Marklund, zei Asta, die is allang overleden. Hij had longtuberculose, ingekapseld in zijn longen. De verkalkte omhulsels zijn opengegaan.

En zijn zoon? vroeg Olof Helmersson. Kleine Manfred? Die zou het toch overnemen?

Die is doodgetrapt in Skellefteå, zei Asta. Toen Roxette daar speelde. Of misschien was het toen Carola daar zong.

En ze haalde een mapje uit de achterkamer, met elastiekjes bijeengehouden. Deze map, zei ze, hebben we tussen Eberhards spullen gevonden.

Ze maakte de map open.

Het waren ingeplakte overlijdensadvertenties, de ene bladzijde na de andere, meestal twee bij elkaar, soms drie. Overlijdensadvertenties, anders niet.

Op de laatste bladzijde zat alleen Eberhards eigen advertentie, één kolom en zonder opsmuk.

Die advertentie heb ik ingeplakt, zei Asta.

Ze had de verzameling, Eberhards doodsalbum, zei ze, willen afsluiten op de enig mogelijke waardige manier. Ze was ervan overtuigd dat dat overeenkwam met zijn laatste wil.

Terwijl Olof Helmersson langzaam door de map bladerde, iedere bladzijde in gedachten verzonken bekijkend, slaakte hij af en toe een zucht en mompelde hij een paar woorden van verbaasde weemoed of bittere teleurstelling of snel voorbijgaande smart. Asta en Ivar konden duidelijk zien hoe diep hij deelde in alle verdriet dat op de gekreukelde, geelachtige bladzijden was samengebald.

Onbegrijpelijk, hoorden ze hem zeggen, dat hij, zo grof gebouwd en zo onverwoestbaar, al overleden is!

Of: En zij, die zo sterk en levendig en beminnelijk en stralend was!

Of: Die twee waren nog wel jonger dan ik, ze hadden nog zo veel te doen!

Of: Die had net zijn nieuwe huis gebouwd en een zo goed als nieuwe motorfiets aangeschaft!

En allemaal hadden ze zich argeloos verheugd over het leven.

Nee, wat een verwoesting, wat een krankzinnig doodsgeweld, wat een menselijke kaalslag, dat had hij werkelijk nooit kunnen denken, zelfs niet in zijn somberste momenten.

Voor al deze mensen was hij dus niet op tijd gekomen! Hij had te lang gewacht, hij had geaarzeld en zich in alle voorbije jaren nu eens door dit, dan weer door dat laten afleiden, hij vervloekte zijn gemakzucht en besluiteloosheid!

Maar de mensen die niet in deze map staan, zei hij, zijn die nog in leven?

Ja, daar kon je wel van uitgaan.

Hij wilde wel, zei hij, dat er naast deze map ook een boek van het leven bestond, waar de namen van alle anderen in opgeschreven waren!

Als je erover nadacht, merkte Ivar op, dan was het eigenlijk onbegrijpelijk dat er in deze uithoek van het land nog levende mensen over waren.

En niemand was onvervangbaar. Neem nu Manfred Marklund. Na hem had een immigrant uit Jörn, Vikström genaamd, het schrijven op zich genomen. Hij nam ook overlijdensadvertenties aan en Persoonlijke Mededelingen en Verloren Voorwerpen en Onroerend Goed Te Koop. Zijn stem was zelfs weleens te horen op Radio Västerbotten. Natuurlijk is hij niet zoals Manfred Marklund. Maar toch. Hij deugt nergens anders voor. Daarom schrijft hij.

Ik zal hem opzoeken, zei Olof Helmersson.

Hij woont in Klinten, zei Asta. In het huis van de Holmgrens.

Ja. Dat had hij zojuist gezien en overpeinsd. Dat die allebei overleden waren. De Holmgrens.

Asta moest weg, als hulp in de thuiszorg had ze haar plichten en ingeroosterde werktijden, het mocht dan heel genoeglijk zijn om hier met een koffiekop in de hand met hem te zitten keuvelen, met Olof Helmersson, die ze nu al aardig dacht te hebben leren kennen, maar ze moest ervandoor, de hoge heren en dames van het zorgkantoor hielden haar, hielden al hun ondergeschikten trouwens, voortdurend in de gaten.

Wie verzorg je?

Gideon, in Avaberg. En Gerda, van Inreliden. Gerda van Jakob. In deeltijd.

Gideon? zei hij. En Gerda? Zijn die al zover? Dat ze zorg nodig hebben?

Gerda, zei Asta, die is al een jaar of wat bedlegerig. En Gideon is zijn gezichtsvermogen kwijt.

Toen ze al bijna buiten was, in de deuropening, draaide ze zich om. Het was een grote vreugde, legde ze hem uit, dat er oude en zieke mensen te verzorgen vielen. De dag dat er niemand meer te verzorgen viel, was het afgelopen met de regio hier. Ja, de zieken en stervenden waren een zegen, zij vormden de economische basis van deze streek. Zij waren de enigen die zich werkelijk dienden te vermenigvuldigen.

De krant was gekomen. Noord-Korea zou binnenkort proeven gaan nemen met nieuwe kernwapens. Het was zonder meer mogelijk de hele westelijke wereld in één grote woestenij te veranderen.

Het kostte hem ruim een uur om naar Klinten te fietsen. Aan de rand van de Åmplas bloeiden de dotters. Het geurde naar hars vanuit de stapels in de winter gekapte stammen. De vorstschade aan de wegen maakte dat hij zich onzeker en slingerend voortbewoog.

Klinten was niet veel veranderd. De stal van de Holmgrens was gesloopt. En de stepslee die altijd buiten op het erf had gestaan, ook 's zomers, was weg. Boven de buitendeur hing het beeldmerk van de krant, een rendiermannetje, gezapig voortdravend onder een lichtblauwe sterrenhemel.

Het eerste wat hij na zijn binnenkomst zei, was: U hebt de stal van de Holmgrens gesloopt.

Leif Vikström zat diep over het toetsenbord van zijn computer gebogen. Hij schreef. Zijn streperige geelgrijze haar hing over zijn gezicht. Zijn kruin was kalend. Het duurde even voor hij antwoord gaf.

Ik heb 'm aan Emil van Norrbyberg verkocht, zei hij ten slotte. Die gaat 'm gebruiken voor het ponyrijden. Van de toeristen.

Welke toeristen?

Dat weet je nooit.

Eindelijk scheen hij klaar met schrijven. En hij vroeg: Waarmee kan ik u van dienst zijn?

Ik ben Olof Helmersson, zei Olof Helmersson. En ik heb hulp nodig van de massamedia.

Zo, zei Leif Vikström.

Weet u wie ik ben? vroeg Olof Helmersson. Wat ik voor de omgeving hier heb betekend?

Nee, zei Leif Vikström. Ik weet niet wie u bent. Ik kom eigenlijk uit Jörn.

Iedereen, zei hij toen, schijnt onze hulp nodig te hebben. Maar wie helpt ons?

Met beide handen streek hij het haar uit zijn gezicht en terwijl hij naar Olof Helmersson keek, wees hij met zijn rechterhand naar de wereldkaart aan de wand naast zijn schrijfbureau.

Wij journalisten, zei hij, staan onophoudelijk bloot

aan eisen en uitdagingen en dwaze aanvallen, wij leven onder voortdurende doodsbedreiging.

Hoe oud zou hij zijn? Vijfendertig? Veertig?

Ook hier in Klinten? vroeg Olof Helmersson.

Je moet altijd op het ergste zijn voorbereid, zei Leif Vikström.

En toch schrijft u, ondanks alles?

Ik ben correspondent van de krant. Voor halve dagen. Bovendien, zei Leif Vikström, terwijl hij voorzichtig op zijn computer klopte, is hier een groot letterkundig en cultuurhistorisch werk in wording.

Olof Helmersson was op de stoel recht tegenover de plaatselijke verslaggever gaan zitten. Hij glimlachte, voorzichtig en begrijpend. Tussen de planken aan de wand, die vol stonden met mappen en boeken, zag hij hier en daar nog het oude behang met roze bloemen van de Holmgrens.

Ja, zei hij, het is eigenaardig, maar ook in de meest afgelegen streken kunnen grootse zaken geschieden op het gebied van de geestelijke ontwikkeling.

Ik wist niets van de sprookjesachtige omgeving hier, zei Leif Vikström. Voordat ik hier kwam. In Jörn wisten wij niets.

Nee, zei Olof Helmersson. In Jörn.

Ik heb een paar jaar lang stof verzameld, zei Leif Vikström. En nu schrijf ik. Om te beginnen op mijn blog. Later wordt het een boek.

Dat lijkt me goed doordacht, zei Olof Helmersson. Boeken zijn langer houdbaar dan het oergebergte. Duurzamer dan de woorden die ze bevatten. Ik wens u geluk.

U mag wel een stukje lezen, zei Leif Vikström. Het komt net vers uit de printer.

Dank u, zei Olof Helmersson.

Toen hij kwam, werd alles anders. Niets zou daarna nog hetzelfde zijn. Het waren de toekomst, de beschaving, de ridderlijkheid, de liefde voor de kunst en voor het scheppen, ja voor het bestaan zelf, die te paard naar het diepste binnenland van Västerbotten kwamen. De rijzige, donkere gestalte aan kop reed op een Oldenburger hengst, na hem kwamen de bisschop met de twee hulppriesters, de chefs van de ambtelijke diensten, kunstschilder Boklund, de referent van de rijksvoorlichtingsdienst, de adjudanten, de professor in korst- en andere mossen, de docent in larven en muggen, de pakpaarden met aquavit, champagne, rode wijn en punch, de karren met hammen, pasteien, worsten en rode bieten alsmede de achterhoede van de Svea Lijfgarde, die de tenten vervoerde. De zon blonk in knopen en biezen, de paarden maakten een diepe reverence alvorens de vlonders bij het Sikmoeras op te gaan, het volk stond met ontbloot hoofd aan de kant van de weg.

Dat is nog maar het begin, zei Leif Vikström. Ik schrijf alles op zoals het me is verteld.

Het is mooi, zei Olof Helmersson. Grandioos bijna. Maar wie is degene die er aankomt?

Karel de Vijftiende natuurlijk, zei Leif Vikström. Wie zou het anders moeten zijn? Toen hij de drooglegging van de moerassen kwam inspecteren.

Dat had ik moeten begrijpen, zei Olof Helmersson.

Even later keerde Olof Helmersson echter terug naar de reden van zijn bezoek.

U weet dus niet wie ik ben? vroeg hij.

Nog niet, zei Leif Vikström. Maar het zou me niet verbazen als u het me vertelt.

Ik was dominee in Neder-Avabäck, zei Olof Helmersson. Ik heb hier de laatste grote opwekkingsbeweging in gang gezet. Ik preekte in alle zeven gemeenten. Tussen 1947 en 1955 heb ik vierhonderdzestien zielen in deze omgeving bekeerd. Sommigen van hen twee keer.

Waren er zoveel zielen?

Ja, die waren er.

Nou, zei Leif Vikström. Dan weet ik wie u bent. De mensen hebben over u gesproken. Maar ze zeiden dat u groot en lang was en golvend haar had en reuzenkracht.

Dat is langgeleden, zei de kale, verschrompelde Olof Helmersson.

Dan bent u ook degene die hier in het land het tandenpoetsen heeft ingevoerd.

Een predikant kan zijn tanden niet laten wegrotten, zei Olof Helmersson. Wanneer je preekt, kun je geen klapperend kunstgebit hebben.

Iedereen, vervolgde hij even later, iedereen dacht dat de tijd van de opwekkingsbeweging voorbij was. Maar de Geest was buitengewoon sterk in mij. De mensen stroomden toe uit alle dorpen en uit alle pachthoeven. En uit de duisternis van de mijnen. Tweemaal zijn mijn preken uitgezonden via de radio. De predikende staat was voor mij de enige natuurlijke. De heilige inspiratie gaf mij de woorden een voor een in, soms honderden per keer. Vurige tongen vielen op grote delen van het binnenland van Västerbotten neer. Met de kracht van het gebed en met mijn blote handen heb ik drie maagzweren en een aantal gevallen van aderverkalking genezen. En ik heb gezongen! Ik speelde accordeon en zong dat de mensen ervan huilden!

De telefoon ging, de plaatselijke redacteur noteerde de advertentie, die zo snel mogelijk moest worden ingevoerd. Brak, reu, weggelopen op de Gransjöheide, beloning voor de vinder.

Zoals ik zei, zei Olof Helmersson, die weer was opgestaan en nu voor het bureau stond, zoals ik zei: ik zong!

En met een enigszins gebarsten stem, af en toe de ogen sluitend terwijl hij naar de woorden en de melodie zocht, met zijn lange, magere vingers gevouwen voor zijn borst, zong hij voor de plaatselijke verslaggever:

Ver boven 't prachtig sterrendak
Daar is een lalala.
Waar eng'len in hun blinkend kleed
God prijzen ongestoord.
Het hmm hmm hmm Heer
Weergalmt de hemel door.
Straks mengt ook menig lalala
Zich in dat eng'lenkoor.

O God! Plant zelf door Uw genâ
Die tamtam tamtam tam.
En was ons lalalalala
In Jezus' dierbaar bloed.
Hmhmhm eens ons stervensuur
Zo zijn wij voorbereid
Om in te gaan tot Uwe vreugd
hm hmmm heerlijkheid.

Toen ging hij weer zitten, hij hijgde licht.

En nu, zei hij, nu ben ik teruggekomen met een nieuwe boodschap. Het is noodzakelijk voor mij dat die alle zeven gemeenten bereikt. U moet mij helpen.

Met uw boodschap?

Nee. Mijn boodschap heb ik kant-en-klaar in mijn binnenste. U hoeft alleen maar te zorgen dat hij in druk verschijnt.

Boodschappen, zei Leif Vikström, zijn niets voor een plaatselijke krant. De mensen willen korte berichtjes over de elandenjacht en de pluk van de gele moerasbramen en de eerste kraanvogel in het Lidmoeras. En over overledenen en begrafenissen. Geen boodschappen.

Pagina twee, zei Olof Helmersson, pagina twee was altijd gevuld met boodschappen.

Ze zijn ingekrompen, zei Leif Vikström. De tijd van de boodschappen is wel zo'n beetje geweest. En bij de lokale redactie bedenken we geen boodschappen. Het denken vindt plaats aan de kust, voornamelijk in Skellefteå.

Ik kan het opschrijven, zei Olof Helmersson. U hoeft het alleen maar door te geven.

Dat werkt niet, zei Leif Vikström. De centrale redactie weigert alle boodschappen uit deze omgeving.

Maar hij wilde wel een paar alternatieven noemen, ja, misschien zelfs wel aanbevelen.

Olof Helmersson kon een advertentie zetten. Onder Persoonlijk. Of Mededelingen. Slechts honderdvijfentwintig kronen de centimeter. Een kort ingezonden stuk was ook denkbaar. Brieven aan de redacteur. Honderd woorden. Niet meer.

Olof Helmersson bleef zwijgend zitten, hij keek door het open raam links van het bureau naar buiten. Op het erf stond nog de oude roestige hooimachine van Holmgren. Het dak van de houten schuur aan de bosrand was ingestort. De moestuin die naast de nu gesloopte stal had gelegen, was overwoekerd met wilgen. Misschien luisterde hij naar de veldlijsters.

Ten slotte zei hij: Wat ik te zeggen heb is veel groter dan u, m'n beste plaatselijke redacteur, zich kunt voorstellen. Het is zwaar en doordringend. Het is te groot voor een advertentie of ingezonden stuk. Twee hele pagina's zouden nog niet genoeg zijn. Nee, u kunt mij niet helpen. Natuurlijk niet. Dat was een belachelijk idee. Een van de dingen die ik me in mijn hoofd had gehaald, anders niet.

En hij voegde eraan toe dat hij zijn leven lang zo was geweest, hij had zich nu eens dit, dan weer dat ingebeeld, droombeelden en hersenschimmen hadden hem in zijn bestaan nu eens hierheen, dan weer daarheen geworpen; eigenlijk was dat nu precies wat hij aan de lezerskring van de krant had willen meedelen, hij had de bedoeling gehad zichzelf in zekere zin als afschrikwekkend voorbeeld te presenteren, hij had zich in zijn dwaasheid voorgenomen om eindelijk, in zijn vierentachtigste levensjaar, de waarheid te spreken. Hij kon slechts om vergiffenis vragen voor zijn overmoed, hetgeen natuurlijk ook weer ijdel en zonder ware ernst was.

Die avond vroeg hij zijn gastheer en gastvrouw of hij zich als hun pensiongast mocht beschouwen. Een paar dagen, zei hij. Een week misschien. Ik heb hier iets te doen en ik kan overal slapen. Niemand vraagt naar mij. Mijn vrouw is dood. Mijn enige zoon woont in Australië en laat nooit iets van zich horen.

Jawel, dat mocht best.

En eigenlijk voelde hij zich bijna thuis in het koninklijke predikantenbed. Om het zo maar eens te zeggen.

Voordat ze naar bed gingen kwam Asta hem een van de gegraveerde hoge glazen uit het zondagse servies van Eberhard Lundgren brengen.

Dit is voor het tandenpoetsen, zei ze.

Ze had dus begrepen wie hij was. Zonder dat hij het had gezegd. Diep in haar geheugen had ze een soort verhaal over hem teruggevonden.

Zijn slingerende, onvaste ritten op de opvouwbare fiets laten zich niet dag in dag uit, kilometer voor kilometer, volgen. Het landschap zelf, het binnenland van Västerbotten, schept problemen. Bestaat die afgelegen landstreek wel? De dorpen, waar liggen die? Zijn hun namen wel juist? En de pachterijen? Zijn die nog bewoond? Tussen welke bergen en meren kronkelt de weg zich voort? En tussen welke verlaten akkers op het veen, waar de wilgen manshoog staan? Waar zijn de bruggetjes? Zijn die wel echt gebouwd? En monden de vlieten en beken uit in de Skelleterivier of in de Vindelrivier?

Het wegdek was kapotgevroren, de houtwagens en tractoren hadden diepe wielsporen gegraven, de plaatsnamen op de borden waren tijdens de winter door de sneeuwschuivers uitgewist.

Op de tweede dag reed hij naar Gideon. Of op de derde, dat hangt af van hoe men telt.

Veel van de wegen, de meeste eigenlijk, voerden langs Klinten. Daar nam hij graag een korte pauze. En de plaatselijke redacteur, dat wil zeggen Leif Vikström uit

Jörn, ontving hem beleefd. Ze kenden elkaar immers en ze waren met elkaar verbonden door de liefde voor het woord. De vellen papier die de printer het laatst had uitgespuwd lagen dikwijls op tafel, met de goede kant naar de bezoeker, zodat deze ze zou vinden.

Het koninklijke gezelschap sloeg zijn kamp op aan de oever van het Långven, op de schapenweide. De tenten werden opgezet, de ezel van kunstschilder Boklund, een lomp gevaarte, werd voor de tent van de koning opgesteld, bij de boer van Björknäs werd ijs voor de dranken gehaald, reeds in maart hadden hij en zijn knechts blokken uit het metersdikke ijs van het meer gezaagd, toen ze nog niet eens wisten dat er iemand uit het zuiden zou komen. Stro voor op de grond werd uit de hooischuur van Morken gehaald. De soldaten van de lijfgarde, de huzaren en de dragonders voerden noodzakelijke oefeningen uit. Vuren werden ontstoken onder de kookpotten. De koninklijke vlinderverzamelaar draafde met zijn net langs de oever van het meer heen en weer. De hofslachter vilde een onbekend aantal zuiglammeren van de boer van Björkås en sneed het vlees aan stukken. En in de tent van de koning maakte men de vorstelijke legerstede gereed. Een laag woudmos werd over het stro uitgespreid. Daarbovenop kwam een peluw van damast. De bolster werd net zo lang gemasseerd en geschud tot hij volmaakt zacht en luchtig en comfortabel was. Helemaal bovenop kwam de met kant afgezette donzen deken met het koninklijke, in goud geborduurde monogram, en half verborgen onder de deken lagen kussens, gevuld met dons van Franse patrijzenkuikens.

Maar daar, in dat bed, zou hij natuurlijk nooit slapen.
En kunstenaar en professor Boklund was al begon-
nen aan een schilderij van het Långven.

ZOMERAVOND IN NORRLAND.

Een paar dagen later zou de koning uitbarsten: Ja,
dat landschap heb ik heel goed weten te vangen! en met
krachtige letters het gereedgekomen schilderij signeren.

Achter dit werk, zei Olof Helmersson, laat zich een om-
vangrijk en diepgaand historisch onderzoek vermoe-
den.

Welnee, zei de plaatselijke verslaggever, eerder het te-
gendeel. Misschien maakt het trouwens wel geen enkel
verschil.

Gideon zat aan zijn keukentafel, ietwat voorovergebogen naar de cd-speler die voor hem stond, zijn kolossale
mijnwerkersknuisten rustten op het tafelzeil. De stem
in het apparaat sprak over iets dat aan het begin van de
twintigste eeuw was gebeurd. De beestachtig verdorven
dichter Sven Lidman had een geestelijk lied geschreven,
en al schrijvende was hij tot bekering gekomen. Terwijl
ik de laatste strofe schreef, zei de cd-speler, vond er een
opmerkelijke metamorfose plaats: heel mijn wezen ver-
anderde. Mijn handen lichtten op, mijn vingers die de
vulpen vasthielden leken wel kaarsvlammen terwijl ik
de laatste versregels schreef en toen ik van mijn schrijf-
stoel opstond en een paar stappen deed, was ik helemaal
licht.

Gideon wachtte tot het verhaal even stopte en drukte
toen op de pauzeknop.

Ja? zei hij.

Olof Helmersson was op het gestreepte vloerkleedje vlak bij de deur blijven staan.

Stoor ik? vroeg hij. Je luistert naar een roman?

Inderdaad, zei Gideon. Een roman.

Alles is gelogen, zei Olof Helmersson.

Inderdaad, zei Gideon. Maar romans zijn maar tijdverdrijf, toch. Je moet ze niet serieus nemen.

Herken je mij niet? vroeg Olof Helmersson.

Ik herken geen mensen meer, zei Gideon. Ik ben blind geworden.

Mijn stem, bedoel ik, zei Olof Helmersson. Herken je me niet aan mijn stem?

Nee, die stem heb ik nog nooit gehoord.

Toen deed Olof Helmersson twee, drie stappen naar voren en riep zo krachtig als hij kon: Halleluja! Halleluja!

O ja, zei Gideon. Je klinkt als Olof Helmersson, de predikant die mij ooit heeft bekeerd.

Ja, zei Olof Helmersson. Ik ben het.

Dus je bent teruggekomen?

Ja, verklaarde hij, nu hij vierentachtig zou worden was hij eindelijk teruggekomen, omdat het niet anders kon. Niet uit vrije wil, maar toch. Een innerlijke stem had hem ervan overtuigd dat zijn werk hier in het binnenland van Västerbotten nog niet af was. De mens moet werken, want straks komt de nacht, begin in de morgenstond! Werken bij glanzende dauw op lommerrijke grond! Werken op 't heetst van de dag, onder de gloed van de zon! Werken, want straks komt de nacht!

Jarenlang had hij deze reis uitgesteld, met uitvluchten en halve waarheden had hij zijn geweten gesust, maar ten slotte had de onvermurwbare kracht van zijn opdracht zogezegd over hem gezegevierd. Hij had zijn lendenen omgord en de ketting van zijn vouwfiets gesmeerd en was begonnen aan deze reis, die heel goed zijn laatste zou kunnen zijn.

Al pratend zette hij de laatste paar stappen naar de tafel en ging tegenover Gideon zitten. Op de hoek van de tafel stonden een soepbord en een plastic beker. Er stonden geen planten op de vensterbanken en er hingen geen gordijnen voor de ramen. Maar boven de kamerdeur hing nog steeds de opgezette laplanduil. Bij Gideons linkerelleboog stond een ingelijste foto.

Mooi portret is dat, zei Olof Helmersson. Van je vrouw.

Inderdaad, zei Gideon. Dat is Ingrid. Ik kan haar niet zien natuurlijk. Maar ik voel weleens aan haar met mijn vingers.

Haar heb ik ook bekeerd, zei Olof Helmersson.

Dat was ik vergeten, zei Gideon. Maar nu je het zegt. Zij was ook bekeerd natuurlijk.

Is ze dan overleden?

Al voordat ik blind werd, zei Gideon. Had ik dat maar niet hoeven zien.

Hij hield zijn wijsvinger opgeheven bij de startknop van de cd-speler, alsof hij naar de roman terugverlangde.

Ik zou je eigenlijk iets moeten aanbieden, zei hij even later. Als Ingrid nog had geleefd, dan had je cake gekregen en boter en weikaas. Nu je de moeite hebt genomen tegen alle verwachting in terug te komen. Maar ik heb niets. Asta kookt altijd vier pannetjes eten voor me. Als het laatste pannetje leeg is, komt ze weer. Zo weet ik wanneer ze komt.

Nu sprak Olof Helmersson enkele woorden over blindheid. Dat Gideon deze met grote waardigheid en een haast onbegrijpelijke gelijkmoedigheid droeg. Dat hij een volkomen ongebroken indruk maakte. Dat zijn trotse houding onveranderd was.

Dat komt door mijn afkomst, zei Gideon. Hier in de omgeving zijn we allemaal van een bijzonder slag mensen.

Maar, vervolgde Olof Helmersson, hij kon zich voorstellen dat de lange jaren in de duisternis van de mijnen bij Adak en Kristineberg misschien wel een nuttige oefening waren geweest voor iemand die later in zijn leven met blindheid zou worden geslagen. De gewoonte zich voorzichtig een weg te banen tussen uitstekende rotsen en door smalle mijngangen, het zware, rugkrommende geploeter in oorden in het binnenste der aarde waar windrichtingen, horizonnen en dageraden afwezig waren, dat alles kon simpelweg worden beschouwd als een leerschool voor niet-zien en voortdurende duisternis.

Wat dat betreft, met het oog op de voorbereiding, zei Olof Helmersson, heb je toch geluk gehad in je leven, Gideon.

Daar maakte Gideon echter bezwaar tegen.

Diep in de mijn was geen duisternis. De duisternis was gewoon een vooroordeel van de mensen. De mijn vloeide juist over van licht. Overal waren lampen en schijnwerpers. Je werkte en zwoegde en zweette in een bijna onverdraaglijk licht. Je moest voortdurend je ogen met één hand afschermen, velen gebruikten zwartgemaakte brillen. Zodra je je ogen opsloeg, werd je geraakt door de vretende stralen uit de 1000-watt schijnwerpers. Dat was trouwens wat de dokter al gissend had veron-

dersteld: dat zijn blindheid was veroorzaakt door verblin-
ding, dat er een of ander vlies in zijn ogen kapotgebrand
was, dat hij te veel licht had gezien.

Ik heb, zei Olof Helmersson, nog nooit van iets dergelijks gehoord.

Die opmerking had de dokter ook al gemaakt. In de
literatuur bestaat het niet, had hij gezegd. Eigenlijk
neigde hij ertoe te denken dat Gideons hersenen of ge-
zichtszenuwen plotseling waren aangetast door iets on-
voorspelbaars, iets wat moeilijk te verklaren was. Wilde
hij een verwijsbrief voor een oogheelkundige professor
in Umeå?

Nee, had Gideon gezegd en hij was opgestaan en had
zich tastend een weg naar de deur gezocht. Dat was volkomen overbodig.

Hij wist immers heel goed wat er was gebeurd, wat
hem was overkomen.

Hij had alleen willen weten of het ongeneeslijk was.

Het zou ontzettend pijnlijk zijn geweest om de dokter
de waarheid te vertellen, hij voelde schaamte tegenover
de wetenschap. Maar van een dergelijke schuchterheid
of schaamte had hij tegenover hem, Olof Helmersson,
natuurlijk geen last. Nu hij was teruggekomen.

Niemand kon beweren dat Olof Helmersson de wetenschap vertegenwoordigde. Nee, werkelijk niet.

Hij richtte zijn blik naar de bejaarde opwekkingsprediker, alsof hij hem kon zien. Met zijn hand probeerde hij
de zon weg te strijken die over zijn gezicht viel.

Je herinnert je misschien nog wel, zei hij, dat ik altijd
nogal gemakkelijk in vervoering raakte?

Ja, dat weet ik nog.

Onder de grond gebeurde dat nooit, zei hij. Altijd bovengronds. En niet alleen tijdens de gebedsbijeenkomsten.

Speciaal ten overstaan van de natuur, zei hij, overkwam het hem weleens dat hij van verrukking en extase min of meer buiten zinnen raakte. En de rauwe liefde voor alles wat leefde, de gewassen en het kleine gedierte op de grond en de vogels en insecten in het luchtruim, verenigde zich soms met zijn diepgevoelde bekering. Dan was het alsof hij razend werd, hij verloor de macht over zichzelf, heel zijn wezen ziedde en kookte, een hogere autoriteit nam bezit van hem. Op een dag zat hij op een boomstronk achter de schaapskooi, een paar jaar na Ingrids overlijden. Hij bad tot God en Christus en loofde de schepping. Helaas was de lucht die dag vol vogelzang, insecten zoemden en snorden om hem heen, de moerasspirea geurde en de bomen waren frisgroen.

Net als nu, zei hij op vragende toon. De bomen zijn toch zeker al uit?

Ja, de berken zijn groen. En de lijsterbessen ook.

Toen was de vervoering over hem gekomen. Hij had heen en weer geheold tussen de stenen en de pollen en de mierenhopen, hij had God en Jezus aangeroepen, lofzangen in onbekende talen en dialecten waren over zijn lippen gerold. En in een opwelling had hij de grootste en grofste denneboom daarginds achter de schaapskooi willen omhelzen, een broederlijke omhelzing.

Kun je me een glas water geven?

En Olof Helmersson had een glas water van het aanrecht gepakt. Nadat Gideon had gedronken, ging hij verder.

Toen hij vervolgens met de hoogst denkbare snelheid op de reusachtige den was afgestormd, waren zijn voeten in het voorjaarsvochtige mos uitgegleden en hij was met zijn kop naar voren tegen de machtige dennestam geklapt. Dat herinnerde hij zich duidelijk.

Hoelang hij daarna in bewusteloze onmacht had gelegen, kon hij niet zeggen. Hij was dood geweest, zo simpel was het. Hij had een tijdelijk bezoek gebracht aan het dodenrijk, op ongeveer vijftig meter afstand van de schaapskooi. Toen hij na een onbekend aantal uren tot het leven terugkeerde, uit de dood opstond zogezegd, was hij zijn gezichtsvermogen voorgoed kwijt. Hij was blind tot op zijn gebeente. En, wat minstens even merkwaardig was, zijn bekering was van hem afgegleden. Hij had de oude woorden van aanroeping en onderwerping en jubelzang en innerlijke overgave vergeefs beproefd. Hij had geen schijntje van bekering meer in zich.

Het speet hem dat hij dit tegen een oude opwekkingsprediker moest zeggen: hij miste zijn gezichtsvermogen meer dan zijn bekeerd-zijn.

Groot gelijk, zei Olof Helmersson, dat je dit niet tegen die dokter hebt gezegd. Hij zou je niet hebben geloofd, een dokter weet niet wat geloven is.

De zon had nu ook hem bereikt. Hij schoof zijn keukenstoel een stukje van het raam af. Hij moest een paar keer slikken en zei toen: Bij jou ben ik dus ook te laat met mijn boodschap.

Dacht ik het niet, zei Gideon. Als je zo verschrikkelijk oud bent als jij nu bent, dan moet je haast wel een boodschap hebben, wil je de wereld nog in trekken.

Bijna iedereen is dood, zei Olof Helmersson. Eberhard Lundgren hield een boekhouding bij van de dood. Een boekhouding van mijn te late aankomst hier. Het is ontzettend.

Je zei toch, bracht Gideon naar voren, dat je een boodschap had.

Toen vermande Olof Helmersson zich, pakte met duim en wijsvinger van zijn rechterhand de loshangende huid onder zijn kin beet en trok die een handbreedte naar voren, alsof hij lucht in zijn strot en spraakorgaan wilde pompen. Vervolgens vatte hij in enkele eenvoudige zinnen de reden van zijn komst samen, die hij ook wel zijn *boodschap* noemde.

Er is geen God.

De Messias is niet gekomen, vermoedelijk komt hij nooit.

Jezus was maar een gewoon, overmoedig mens.

Een bekering is een ziekelijke storm van gevoelens, anders niet.

Een eeuwig leven is ondenkbaar. Maar de dood is eeuwig.

Er bestaat geen hemels Jeruzalem, er zijn geen straten van goud, geen paarlen poorten, geen engelen of serafijnen, er is geen hel, geen verzoening of genade, gewassen worden in het heilige bloed van het Lam Gods is onmogelijk.

De dag des oordeels zal nooit komen.

Edeler zal de gedachte nooit worden, hoger zal zij nooit reiken dan in de loochening.

De Heilige Geest is niet een speciaal soort geest, het is een geest als alle andere.

Enzovoort.

Als ik niet wist, zei Gideon, terwijl hij voorzichtig in zijn ongeschoren kin kneep, als ik er niet heel zeker van was dat jij het bent, Olof Helmersson, die hier spreekt en dat jij het was die ooit mijn eeuwige ziel bekeerde, dan zou ik zeggen dat je als een godloochenaar klinkt.

Olof Helmersson had gaandeweg zijn stem verheven terwijl hij zijn boodschap uitlegde en toelichtte, je zou haast geloven dat hij het tegen een hele gemeente had toen hij verderging: ja, hij loochende inderdaad alles waarvan hij zich vroeger, een mensenleeftijd geleden, had ingeprent dat hij erin geloofde en alles wat hij in zijn naïveteit voor heilig had gehouden. Het had hem tientallen jaren gekost om tot die bevrijdende loochening te komen.

Godloochenaar, dat word je niet in een handomdraai!

Maar eindelijk zag hij alles nu zeer, zeer helder in. Dat heldere inzicht had hem genoodzaakt en gedwongen naar deze afgelegen streek terug te keren. Een sterkere macht dan zijn eigen wil had hem opgedragen een vouwfiets aan te schaffen en op reis te gaan. De allerlaatste zendingsreis, zogezegd.

Deze landstreek moest zo spoedig mogelijk alles wat hij langgeleden had gepredikt, vergeten! Ieder die hij in jeugdig onverstand had opgewekt en bekeerd en tot geloof had gebracht, moest hem vergeven! Dat was de smeekbede die hij wilde overbrengen, dat was de som van zijn nieuwe verkondiging: vergeef mij mijn dwalingen!

En hij hief zijn handen op en spreidde zijn bevende vingers uit en wendde zijn gezicht naar het plafond. Maar ja, dat kon zijn enige toehoorder niet zien.

Pas wanneer heel het binnenland van Västerbotten doordrongen zou zijn van zijn tegenwoordige standpunt en tijding, en hem vervolgens zou hebben vergeven, zou hij heengaan in vrede!

Wat mij aangaat, zei Gideon, ik ben geen godloochenaar, hoor. Nee, volstrekt niet!

Hij was niet eens afvallig. Het enige wat hem ontbrak, was de bekering zelf. En er was nu eenmaal niemand meer die predikte, ophitsende praat kwam niet meer voor, de tijd van de allerhevigste gevoelens was voorbij. Soms had hij in zijn eenzaamheid weleens een poging gedaan tot een gebedje, in het luchtledige als het ware. Ook had hij weleens naar een kerkdienst op de radio geluisterd, vlak voor het programma over tuinieren, maar het liet hem koud, het boeide hem niet. Vele keren had hij gedacht: als Olof Helmersson nu terugkwam, als de machten hem lieten terugkeren, dan zou hij me weer bekeren. We zeiden het hier vaak: geen levende ziel kan prediken als Olof Helmersson!

Dat is waar, zei Olof Helmersson, op een manier die ik nu betreur had ik werkelijk macht over het woord! Ik kon mijn geweldige talent ongetwijfeld volledig doen gelden. Ja, het was een vreugde om te prediken. Dat kan ik niet ontkennen.

Nu, als je een poging zou willen doen, zei Gideon. Je hoeft immers niet te geloven. Het is voldoende als je predikt. Als je daar intussen niet te oud voor bent.

Olof Helmersson had zijn handen laten zakken en zijn vingers voor zijn borst in elkaar gevlochten, hij schudde het hoofd.

Nee, zei hij. Dat kon hij niet op zich nemen. Dat zou haaks staan op zijn diepste bedoelingen. Het zou verraad zijn jegens de zaak, die van de godloochening, die hij tegenwoordig bepleitte.

Maar na een poosje zei hij op vragende toon: Een huisprediking? Alleen voor jou?

Uiteraard, zei Gideon en hij wreef met zijn hand een

soort vocht uit zijn ogen. Alleen hier in het pikdonker.

Ik zal het in overweging nemen, zei de oude opwekkingsprediker. Te oud ben ik niet. Een prediking is tenslotte niets anders dan een kunstproduct. Het gaat om een technische vaardigheid, anders niet. God zij met je, Gideon. Ook al zal mijn antwoord waarschijnlijk nee moeten zijn.

Nog voordat hij de deur achter zich dichtgetrokken had, hoorde hij de cd-speler weer aangaan. Sven Lidman vertelde, tijdelijk opgesloten in de roman van Per Olov Enquist, dat zijn diepste innerlijk aan het licht werd gebracht, iets weeks en zachts, iets wat kneedbaar maar tegelijkertijd onverstoorbaar was werd tevoorschijn gehaald van onder alle schillen en verschansingen en muren en loopgraven die hij had gebouwd, waar het in schuwheid en kwetsbaarheid en onbereikbaarheid zijn verborgen leven had geleid, een levende materie, soepel maar ook vuil, laf en verraderlijk, glad en koud, die nu sidderde in een droom over heiligheid, reinheid, rechtvaardigheid, licht en waarheid.

De stem van de verteller was rustig en zakelijk.

Olof Helmersson deed zijn zwarte colbertje uit, vouwde het op en klemde het vast op de bagagedrager. Zijn horloge liet zien dat hij maar net op tijd zou zijn voor het middageten dat Asta hem had beloofd.

Toen ze die avond met hun koffiekopjes op de veranda zaten, durfde hij eindelijk naar de kapel te vragen. Stond die leeg? Kon hij nog voor een preek worden gebruikt, als preek de juiste term was in dit verband? Een allerlaatste woord van waarheid?

41

Wie had de sleutel nu Eberhard, ja, nu vrijwel iedereen eigenlijk, overleden was?

Ik heb de sleutel, zei Ivar.

Olof Helmersson, voorm. pastor, Umeå, geb. in Yttervännäs 30-11-'23, v: Helmer Strid, foerier Västerbottens Regiment, m: Maja, vader onbekend. Cursus voor evangelisten Vilhelmina '40, Theol. Sem. Lidingö z.dipl., Volkshogeschool Kaggeholm, Univ. v. Uppsala ingeschr. -'42. Secr. Verbond Wij Wekken Het Rijk '44-'47, pastor in div. gem. Pres. Vrije Gemeente Avabäck '53-'59.

Helmersson vertegenwoordigde in zijn theologie en zijn handelen een paulinische en augustijnse opvatting over bekering en verlossing. Zijn predikkunst werd gekenmerkt door grote kracht, rijke metaforiek en een sterke nadruk op de eschatologische en apocalyptische perspectieven. Opvallend waren vooral zijn evangelisatiecampagnes in een aantal gemeenten in het binnenland van Västerbotten gedurende de tweede helft van de jaren vijftig. In deze periode verwierf hij veel achting als zgn. radiopastor. Zijn sterke benadrukking van de rol van de Geest in de Drievuldigheid wekte aanzienlijke kritiek binnen de Vaderlandse Evangelische Beweging en de Zweedse Zendingsbond. Na een kritische, zorgvuldige lezing van de brieven van Jakobus, hetgeen leidde tot een diepgaande geestelijke crisis, trok hij zich uit het pastorsambt terug en aanvaardde een betrekking als verzorger bij het Psychiatrisch Ziekenhuis Umedalen. Daarna schijnt hij nog bij de provinciale gevangenis in Umeå te hebben gewerkt. In latere jaren lijkt hij van iedere deelname aan het actuele theologische debat te hebben afgezien.
Bi C

Lit. Scripta minora 1999-2004. Mortimer: *The soteriology of O. Helmersson* (1981). Helmersson: *Geheelonthouding en heiliging* (1955), *Gebonden en bevrijd* (1960).

43

Ondernam hij zijn tochten volgens een bepaald plan? Of reed hij maar op goed geluk wat rond? Hield hij een bijzondere, geheime volgorde der genade aan die in zijn uitgewoonde geheugen geschreven stond, was het de bekeringsgeschiedenis van de streek, om het zo maar te noemen, die in strikt chronologische wetmatigheid zijn koers bepaalde? Nauwelijks. Was dat wel zo, dan zou hij Gerda al de eerste dag hebben opgezocht, Gerda van Inreliden, Gerda van Jakob. En alvorens dat te doen zou hij zich allereerst naar de kapel hebben moeten begeven.

Nu stonden ze voor de ingang, Ivar en hij, Ivar had de grove, roestige sleutel in zijn knuist. Boven de dubbele toegangsdeur hing een reusachtig bord van blauwgelakt metaal met gele letters van glas.

DORPSHUIS

Dat bordje hebben we van de staat gekregen, zei Ivar. Er is een speciale ambtelijke dienst, de Dienst Dunbevolkte Regio's.

Aan de zuidkant van het bordes bij de ingang bloeiden reeds de boerenpioenen in de border. Er is iets eigenaardigs met die border, zei Ivar. In heel Västerbotten is er geen vruchtbaarder plek te vinden.

Voor Olof Helmersson kunnen de planten die daar met hun dieprode bloemen stonden te pronken geen mysterie zijn geweest. Precies op die plek hadden de mannen vroeger, al dan niet bekeerd, alle jaren hun tabaksfluimen uitgespuugd voordat ze naar de bijeenkomsten in de kapel gingen.

De ruime vestibule zag eruit als vanouds: de lange hoedenplanken met hun geschilderde marmerpatroon, de kledinghaakjes van vernikkeld en hier en daar afgebladderd messing, de houten paraplustandaard die Eberhard Lundgren had gemaakt.

Maar in de zaal, de grote kerkruimte, was alles veranderd.

De tweeënveertig banken met gebogen rugleuningen waren weg, evenals het koor voor de zangers. En het reusachtige olieverfschilderij achterin van Jezus in Getsemane, met de rotsen die Judas en de Romeinse soldaten verborgen hielden, ook.

Zoals ik al zei, zei Ivar, hier eten we altijd bloedbrood en vleessoep na de elandenjacht. En hij wees naar de lange hardboard tafels die in plaats van de kerkbanken waren gekomen. Vooraan, waar de etagère voor de offergaven had gestaan, stond nu een vierkante tafel met een met groen vilt bekleed blad.

In de winter komen we hier bij elkaar om te pokeren, zei Ivar. 's Zondags.

En het schilderij van Christus? zei Olof Helmersson.

De voorzanger?

Dat was overgeschilderd. Het was op de schietbaan van de elandenjagers terechtgekomen.

46

Ik had zo gedacht, zei Olof Helmersson, dat ik nog één keer de gemeente bij elkaar zou kunnen brengen. En dat ik dan zogezegd zou preken.

Nee, dat zou absoluut niet meer gaan. De kapel, zei Ivar, was niet langer een heiligdom, het hele gebouw was zelfs officieel ontkerstend.

Maar, wierp Olof Helmersson tegen, mijn boodschap, datgene waarvoor ik hier ben, is het tegenovergestelde van kerstenen. Het is afstand nemen en verloochenen!

Dat maakt niet uit, verklaarde Ivar. God is God. Ze konden geen risico's nemen. Er was een pastor van de kust gekomen en die had de ontkerstening verricht, een moderne pastor in een Porsche, het zou zelfs kunnen dat hij een kruisteken had gemaakt. Sindsdien was het gebouw volstrekt wereldlijk, God mocht hier niet worden genoemd, op geen enkele manier. En Jezus ook niet. Het zou zelfs weleens in het contract met de Dienst Dunbevolkte Regio's kunnen staan. Dus vandaar.

Contract? Met de Dienst Dunbevolkte Regio's?

Wij krijgen immers subsidie, zei Ivar. Voor onderhoud. En verwarming.

En de preekstoel? vroeg Olof Helmersson.

De preekstoel heeft Bertil van Nybränna meegenomen, zei Ivar. Die beweerde dat hij hem nog wel ergens voor kon gebruiken.

De voormalige, tegenwoordig op zijn manier wedergeboren opwekkingsprediker liep naar een van de spitsboogramen aan de zuidkant en bleef daar staan, de ogen gesloten en de handen gevouwen voor zijn buik en af en toe even sidderend alsof de winterkou daar in het dorpshuis was blijven hangen. Ivar liet hem begaan. Maar onwillekeurig vroeg hij zich wel af: wat denkt hij? Wat gaat er door zijn brein?

Dat kan niemand weten. Maar het is heel goed mogelijk dat hij, verloren in gedachten als hij was, de banken met de gebogen rugleuningen terugzette op de plaats waar ze ooit stonden. En dat hij de gemeente liet knielen op de bruingeverniste planken vloer en de gebedskreten en de zuchten en het angstige gejammer en de lofprijzingen en misschien zelfs, bij uitzondering, ook het spreken in tongen liet opstijgen naar het witgeschilderde triplex plafond en dat hij allen eenstemmig – terwijl hij zelf voorzichtig naar de knoppen van de accordeon tastte – *Daal, vuur des Geestes, neer van boven* liet zingen, het is ook denkbaar dat hij de afzonderlijke stemmen onderscheidde en herkende. Dat hij heel even, met gesloten ogen en in gedachten, deed alsof ze niet allemaal dood waren. Vergeef me! mompelde hij waarschijnlijk. Vergeef me!

Maar als je hier in de winter nog eens komt, zei Ivar, dan kunnen we best een keer een kaartje leggen.

M aar Torvald van Lauparberg leefde nog, hoewel hij even oud was als Olof Helmersson en dood had moeten zijn. In Lauparberg, zei Asta, daar gebeurt niets. Maar Torvald heeft een paar keer in de krant gestaan. En hij heeft een prijs gekregen. Van Provinciale Staten.

Een prijs?

Ja, een plaquette en een prijs. Wij snappen niet waarvoor, hoor.

De weg naar Lauparberg gaat via de Handskberg, achter langs de Holmplas en dan omhoog naar de rivier de Mal bij de grens met Lapland.

De deur van Holmgrens huis zat op slot. Maar naast de deurklink zat een bruine envelop met plakband vastgeplakt.

De plaatselijke redacteur was weg om een gebeurtenis te verslaan, dat kon Olof Helmersson natuurlijk niet weten. Het bestuur van Bosbeheer was op bezoek, misschien was zelfs de commissaris van de koning meegekomen. Of de minister van Milieuzaken. Het oerbos dat bij de hoeve van Valdemar Lundgren hoorde en dat hij had behouden voor zijn kleinkinderen, moest worden beschermd, misschien kon de hele boerderij wel tot nationaal park worden verheven. Een hoge ambtenaar van het departement, of misschien de minister zelf wel, zou op een foto een spar uit de oertijd omhelzen.

Op de simpele bruine envelop stond met krachtige letters in inkt:

Olof Helmersson voorm. opwekkingsprediker

Hij ging op het kleine bordes bij de voordeur zitten terwijl hij las. Hoog in de lucht vloog een helikopter over. Misschien de commissaris van de koning. Of de hoge ambtenaar. Het was zo vroeg op de dag dat hij in de schaduw kon zitten.

Toen het gerucht rondging dat hun koning te paard tot hen gekomen was, verzamelde het gehele volk zich op de heuvel ten noorden van het kamp. Hoe ging het gerucht rond? Zo snel en over zo'n grote afstand? Niemand die het weet.

Het waren de bewoners van Morken en Björknäs en Träskliden en Kattisberg en Nyberg en Björkås en Anderstjärn en Torrberget. Ze stonden roerloos en vol verbazing te kijken.

Het was al vrij laat op de dag en juist op dat moment werd het avondmaal voorbereid. Lange tafels op schragen waren ordelijk neergezet, tafellakens uitgespreid, serviesgoed en glazen en bestek waren klaargelegd, uit de grote kookpot stegen dampen op, de geur van lamsvlees verspreidde zich over de omgeving.

De commandant die het bevel voerde over alle soldaten nam de bevolking van het binnenland van Västerbotten in ogenschouw en gaf vervolgens zijn manschap-

pen bevel aan te treden: in gelid tussen kamp en bevolking, wapen geladen, bajonet op! En hij wees met rechte, uitgestrekte arm naar de vrome menigte. Een mens weet maar nooit hoe een revolutie begint.

Net op dat moment kwam Karel de Vijftiende zijn tent uit. Hij had een bad genomen in de meegebrachte badkuip, hij was gekapt en zijn baard was bijgeknipt. En het volk herkende hem meteen, ze hadden allemaal zijn portret gezien, xylografisch weergegeven, in Het vaderland of misschien in de almanak. Het vrouwvolk zuchtte diep toen het hem zag, het manvolk strekte de rug en streek de linnen hemden glad, trots op het feit dat ze zijn onderdanen waren. Gezworene Lindblom liep naar voren en voerde allen aan in krachtig hoerageroep voor de gezalfde Gods.

En Zijne Majesteit riep Rust! en Rechts- en Linksomkeert! naar de soldaten en gaf de bevelvoerende commandant een etmaal huisarrest. Vervolgens verordonneerde hij iets te drinken voor het volk, voor de vrouwen, huismoeders zowel als meiden, champagne, en voor de mannen een brandewijn die gekruid was met kummel, anijs en venkel, dus de oude Norrlandse aquavit. Ten slotte steeg hij te paard en reed stapvoets tot voor de menigte en sprak en zei: Ik heb uw nood en uw armoede gezien en uw inspanningen ten behoeve van het omspitten, draineren en vruchtbaar maken van mijn rijk, ik en mijn regering en mijn rijksdag en mijn ambtelijke diensten hebben in het bijzonder de moeite aanschouwd die u zich getroost om mijlenlange sloten en greppels te graven en uit te hakken door mijn ontzaglijke moerasgebieden, moerassen van welke ik de namen nog niet heb kunnen leren. Het Storstarrmoe-

51

ras en het Höbäckmoeras en het Åmplasmoeras en het
Raggsjölidsmoeras en het Sikbergmoeras. Wij hebben u
dan ook enorme subsidies toegekend voor dat doel. De
reden dat ik hierheen ben gekomen is deze: ik wil mijn
zegenende handen over de sloten uitstrekken, ik wil de
genade des hemels over u allen en over uw houwelen en
spaden en veenbijlen afroepen! En over het koren, in het
bijzonder over het koren! Gij zult waarachtig weten dat
waar ik rijd, daar neemt de vruchtbaarheid tienvoudig
toe, ja, honderdvoudig! Eveneens geheiligd zij de timo-
thee, de rode klaver, de haver en het struisgras! Ga nu
heen in de vrede des Heren! In de naam van de levenge-
ver Gods, Amen! Prosit! Op uw gezondheid!

Toen het volk zich verspreidde in wolken van muggen
die door de alcoholdampen waren aangelokt en toen het
avondmaal was genuttigd, besteeg Karel de Vijftiende
wederom zijn Oldenburger hengst. Hij reed in oostelij-

ke of mogelijk noordnoordoostelijke richting, hij rondde
de dichtstbijzijnde baai, beklom een lage, kaalgekapte
berg, volgde een heel eind een smalle beekbedding, op de
bodem van het dalletje vond hij een boerderij, God weet
welke. Daar overnachtte hij.

Op een geel velletje papier had de plaatselijke redacteur
een boodschap bijgevoegd: de mondelinge bronnen zijn
nog in leven!

Torvald stond op het erf van zijn boerderij in Lauparberg
met een kerfbijl in de hand, hij bewerkte een stuk hout
van een meter lang op het hakblok. Toen hij Olof Helmersson ontdekte, keek hij op en vroeg: Kun je zien wat
het moet worden?

Helaas niet, zei Olof Helmersson.

Maar hij noemde enkele mogelijkheden: Een vogelvoe-
dertafel? En paal voor de brievenbus? Een nieuwe stut
voor de muur van de schuur?

Hij had al gezien dat de oude vermolmd en bijna losgeraakt was.

Dat is nu het eigenaardige van scheppen, bracht Torvald te berde. Wanneer je bezig bent, weet je eigenlijk
niets over wat je aan het scheppen bent. En over het vol-
tooide werk. Wat het wordt, dat wordt het.

Vervolgens zei hij: Je bent geen zier veranderd, Olof
Helmersson. Je ziet er nog net zo uit als destijds toen je
mij bekeerde.

Niemand anders heeft mij kunnen herkennen, zei
Olof Helmersson.

Ze hebben er geen oog voor, zei Torvald.

Toen somde Olof Helmersson alle veranderingen op

die hij had ondergaan, al het verval dat zijn lijf in de al te lange jaren dat hij in Umeå had geleefd had ondervonden. Hij was vrijwel al zijn haar kwijtgeraakt. Een patiënt in het gekkenhuis waar hij werkte, had zijn neus scheef geslagen. Zijn rug was tegenwoordig gebogen en onmogelijk weer te strekken. De fraaie musculatuur van zijn schouders en bovenarmen en dijen was geheel tenietgegaan. Zijn billen waren verdord. Zijn wangen, ja, zelfs zijn lippen waren verschrompeld als het vel van rottende aardappels.

Dat was niet wat ik bedoelde, wierp Torvald tegen. Je moet je niet druk maken over kleinigheden.

En daarna: We kunnen wel even naar het atelier gaan. En een kop koffie drinken.

Het atelier? zei Olof Helmersson.

Er waren hier mensen van de krant, zei Torvald. En toen is het huis in zekere zin omgedoopt. Het moest atelier heten, zeiden ze.

Ze konden maar ternauwernood bij de tafel en de twee stoelen komen die in de keuken stonden. Allerlei voorwerpen stonden op de vloer en verdrongen elkaar op de vensterbanken en de houtkist en het aanrecht, er hingen zelfs dingen aan het plafond.

Niet alle voorwerpen lieten zich benoemen of classificeren. Maar duidelijk herkenbaar waren houten vijzels, karntonnen, schalen in talloze vormen en formaten, merkwaardig gevormde boomwortels en takken, helften van vermolmde stronken, stukken hout die verbrand waren door blikseminslagen. En min of meer begrijpelijke en voor interpretatie vatbare sculpturen van stukken plank, takken, knoppen, knoesten, berkenbast en boomschors.

Torvald schonk koffie uit een thermoskan, ze bleven een poosje zitten zonder iets te zeggen. Hun blikken gleden heen en weer tussen de ontelbare kunstvoorwerpen, die van Olof Helmersson enigszins ongerust en rusteloos, die van Torvald onbekommerd en vol vertrouwen. Ik heb een prijs en een plaquette van de provincie gekregen, zei Torvald.

Toen ik je bekeerde, herinnerde Olof Helmersson zich, toen was je een gewone bosarbeider.

De roem op zich kan me niets schelen, zei Torvald. De wereldse roem. Je wordt op een nieuwe manier vroom wanneer je je leven aan de kunst wijdt. Eigenlijk is het allemaal ooit begonnen met die bekering, geloof ik.

Wat de kunst betrof, hij wilde graag benadrukken dat alles wat hier om hen heen aanschouwd en bewonderd kon worden weliswaar zuivere materie scheen te zijn, maar in feite uitsluitend geest en spiritualiteit was. Hij durfde zelfs te beweren dat het goddelijke en heilige volkomen in het artistieke leven doordrong en dat geheel en al vulde. Wanneer hij een symfonie op de radio hoorde, van die Mahler bijvoorbeeld, was dat onmiskenbaar voor hem. Het ging erom de hoogheid en grootsheid van een aan het licht gebrachte vorm of contour te vinden. Dan had hij het nog niet eens over twee vormen die verenigd werden. Of over een schaduw die zo diep en zwart was dat men de eeuwigheid zag. In de Kunst bestond geen zonde, enkel heiliging en eerbied en verheffing van de ziel. Ik wilde wel, zei hij, dat ik aan jouw zijde kon neerknielen, Olof Helmersson, en jou bij de Kunst kon brengen. De mensen zoeken onophoudelijk naar vervangingen van de Kunst. De liefde is een vervanging van de Kunst.

Er zit een verlossende kracht in de Kunst.

Toen klopte Olof Helmersson hard met zijn knokkels op het tafelblad en keek Torvald strak in de ogen.

Je gebruikt een aantal woorden en uitdrukkingen die ik tegenwoordig niet meer in de mond wil nemen, zei hij. Ik zou me doodschamen als ik die woorden gebruikte. Vroomheid en geest en goddelijk en heilig en zonde en heiliging. En verlossing. Die woorden zijn flauwekul en leegte, anders niets. Bijgeloof en waan en bedrog. Je spreekt een ongeldige taal.

Dat moet jij nodig zeggen! barstte Torvald uit.

Ja, dat moet ik nodig zeggen. Jij bent nooit bekeerd, Torvald. Bekering bestaat niet.

Ze waren allebei opgewonden geraakt. Ze moesten een slok van hun koffie nemen.

Torvald probeerde zich te beheersen toen hij vroeg: En wat bestaat er nog meer niet?

God bestaat niet, zei Olof Helmersson. Hij heeft nooit bestaan.

En wat is dan de strijd van de ziel om God te vinden?

Dat is ziekte.

Wat hem, Olof Helmersson, betrof, hij was langzaam genezen van zondebesef en verlossingsvreugde in de decennia dat hij weg was geweest. En van de lachwekkende zonde van het prediken.

In het gekkenhuis Umedalen vond ik mensen die gek waren geworden door hun bekering, ook mensen die ikzelf bekeerd had. Mijn vrouw is onder de afgrijselijkste pijnen gestorven ondanks het feit dat ze bekeerd was. Het lijden van de mens is grenzeloos, en niemand maakt zich er druk om. Liefde bestaat niet, wij planten ons slechts voort. Mijn zoon is naar Australië gegaan en is mij vergeten, het was zinloos om hem op de wereld te zetten, alle leven is zinloos! Ik heb de wetten van de genetica en de natuurkunde bestudeerd. Met heel de scherpte van mijn verstand. Het universum wordt geregeerd door het toeval.

Torvald had zelf de kast van de wandklok vervaardigd uit een uitgeholde boomstam, de slinger was een vrouwenborst van elzenwortel. De klok hing boven de ladenkast. Hij sloeg drie. Torvald scheen lang te aarzelen, maar vroeg toen: Zou je God willen zien?

Nou en of, Torvald, dat zou ik waarachtig wel willen! zei Olof Helmersson, en er klonk hoon door in zijn stem.

Kom, laten we dan gaan, zei Torvald.

Ze bewogen zich allebei tamelijk langzaam, de grond was oneffen en vol pollen, het onkruid en de wilgenstruiken waren al tientallen jaren niet gemaaid of afgegraasd. Torvald liep voorop, hij had een kunstig gesneden stok in de hand. Af en toe moesten ze even blijven staan om op adem te komen, de warmte lag nog over het binnenland en de bergstreken van Noord-Norrland. Aan de bosrand waren de sparren met een meter tussenruimte aangeplant, ze kwamen net boven de twee bejaarde mannen uit.

Boven het aangeplante jonge bos begon het oude bos, het bijna ondoordringbare sparrenbos van de Lauparhelling en de Lauparberg, dat daar sinds mensenheugenis ongerept had gestaan. Het pad, dat dikwijls helemaal niet te onderscheiden was, voerde hen langs gekantelde wortelkluiten en enorme rotsblokken, ze klommen over omgevallen dode bomen, ze klauterden op handen en voeten over stroken steenslag.

Waar breng je me naartoe? steunde Olof Helmersson en hij spuwde een polletje baardmos uit dat in zijn mond was gekomen.

Dat zul je wel zien, zei Torvald. Dat zul je wel zien.

Toen ze eindelijk hun doel hadden bereikt, legde Torvald de vingers van zijn rechterhand op zijn lippen om aan te geven dat hier stilte diende te heersen.

Er was een vierkante plek opengekapt in het bos, aan de rand waren de onderste boomtakken verwijderd, zo-dat de stammen machtige zuilenrijen vormden. Van al het gevelde hout had Torwald iets gemaakt, hij had het met de bijl bewerkt, hij had God gebeeldhouwd.

God was zes of misschien zelfs acht meter hoog, hij had armen en benen en stond stevig in de grond veran-kerd, vanaf zijn schouders hing een grove ijzeren ket-ting omlaag, blijkbaar een bliksemafleider, hij had zijn gezicht naar het oosten gewend. Hij. Of zij. Hoofd en bo-venlichaam waren ongetwijfeld van een man, de zwarte baardkrans, de grove armen en de geweldige borstkas. Maar het naakte onderlichaam was ondubbelzinnig vrouwelijk, met uitvoerig en gedetailleerd snijwerk in gepolijste en afgeronde vormen.

Op het hoofd had hij of zij een eigenaardige, op een schoorsteen lijkende pet met een smalle, gebogen klep.

Even scheen Torvald zijn metgezel te zijn vergeten. Hij trok zijn rubberlaarzen uit en schreed met grote waar-digheid en diepe ernst op God toe. Vervolgens knielde hij neer, in eerbiedig gebed. Olof Helmersson was bijna in de houding gaan staan, hij was merkbaar aangedaan.

Op de terugweg over de Lauparberg, op de plek waar de afdaling zou beginnen, gingen ze naast elkaar op een omgevallen boomstam zitten. Torvald leunde met zijn kin op de arendskop waar zijn stok bovenaan in uitliep. Aan hun voeten staken de eerste sprietjes wilde bosweit al uit de grond.

En Olof Helmersson sprak zijn dank uit voor datgene wat hem niet zonder ongerief vergund was geweest te ervaren.

Het was een kleine moeite, zei Torvald. Een kleine moeite.

Je hebt wel een lange, zware weg af te leggen om bij Hem te komen, zei Olof Helmersson.

Dat is ook de bedoeling, zei Torvald. De weg is niet zomaar voor iedereen. God hoeft niet in de krant te komen. Zonder heiliging zal niemand de Here zien.

Hebreeën, zei Olof Helmersson automatisch. Twaalf vers veertien.

Hij vervolgde: Er staat ook geschreven: vervloekt is de man die een gesneden of gegoten beeld maakt, het maaksel der handen van een werkman, en dit in het verborgene opstelt.

Het is geen beeld, zei Torvald, bij ieder woord zijn staf op de grond stotend. Het is geen beeld, het is God.

Maar, kon Olof Helmersson niet nalaten te vragen, waarom heeft hij dat eigenaardige hoofddeksel op?

In Stockholm, zei Torvald, staat koning Karel de Vijftiende als standbeeld. En die heeft zo'n ding op zijn hoofd. Alleen hier in deze streek draagt God zo'n soort pet.

Ze stonden op en liepen langzaam en in gedachten terug naar Torvalds boerderij. Onder het lopen probeerde

Torvald nog verder uit te leggen hoe hij tot het geloof om niet te zeggen tot de zekerheid was gekomen die hem nu vervulde: Het begon met het eenvoudige houtsnijden en de handenarbeid, het mes en de stukken hout en de knoesten en de rasp en de beitel. En het handwerk werd verfijnder en gaandeweg werd het kunstnijverheid genoemd. Zonder dat hij het had bedoeld ontwikkelde de kunstnijverheid zich tot ambachtelijke kunst en de ambachtelijke kunst ontwikkelde zich tot kunst. En zoals gezegd, kunst is goddelijk.

Er loopt een rechte lijn, zei hij, van gedachteloos timmeren naar handwerk naar kunstnijverheid naar ambachtelijke kunst naar Kunst en God.

En jij bent de enige die God heeft mogen zien.

Voordat ze uiteengingen, ze waren bij de molensteen gaan zitten die als tafel diende in het lijsterbesprieel, bracht Olof Helmersson voorzichtig aftastend de vraag ter sprake wat God voor hem, Torvald, zou kunnen doen. Bijvoorbeeld in het uur van de dood en daarna. Maar Torvald antwoordde ontwijkend, wat hij zei was vaag en moeilijk te duiden. Hij had zijn best gedaan, zei hij, ieder stukje had hij geïmpregneerd met creosoot en arsenicum, de sokkel teerde hij iedere zomer. Het blijft wel staan, verzekerde hij. Het is een werk dat blijft.

Ik ben ook bij Gideon geweest, zei Olof Helmersson nu langs zijn neus weg. Gideon, in Boven-Klinten.

Hij schijnt zijn gezichtsvermogen kwijt te zijn, zei Torvald.

Een slopende ziekte van de gezichtszenuw, zei Olof Helmersson. Hij is stekeblind.

En Torvald herinnerde zich: in hun jeugd waren ze onafscheidelijk geweest, ze hadden samen strikken gezet voor de sneeuwhoenders, Gideon en hij, in de zomer lieten ze samen mout gisten, in de herfst stookten ze die en dronken 'm samen op, ze hadden pijpen gesneden en gedroogd duizendblad gerookt, ze hadden als het ware met één gemeenschappelijk oog gezien hoe Ingrid Holmström zich achter een open raam uitkleedde voor de nacht, samen hadden ze een motorfiets aangeschaft, een Husqvarna 98 cc, ze hadden in duet meegezongen met *Dacht je dat ik nooit weerom zou komen* als dat op de radio werd gedraaid, gezamenlijk hadden ze zich in het gerechtsgebouw aangemeld en waren ze infanterist geworden bij het regiment I 20 van Västerbotten. Ja. Gideon.

Later hadden ze gewedijverd om Isabella. Isabella Stenlund. Zij was pas een echt kunstwerk. Ze wilden haar allebei hebben. Maar zij gaf zich aan God, niet aan hen.

Ja, zei Olof Helmersson. Dat weet ik nog.

En toen alles te laat was wat Isabella betrof, toen hadden ze zich allebei tijdens dezelfde bijeenkomst na afloop van een prediking laten bekeren. Dat was op een van de laatste bijeenkomsten geweest voordat hij, Olof Helmersson, hen in de steek had gelaten voor God weet wat.

Dat kan kloppen, zei Olof Helmersson.

Heeft Gideon daar helemaal niets over gezegd?

Nee. Geen woord.

Dat hadden we ook gemeenschappelijk, zei Torvald. We zeiden nooit iets onnodigs. Dat zit in de familie.

De familie? Wat was de familie?

Wij zijn achterneven, Gideon en ik, verklaarde hij. Of achter-achter.

En deze familie – hij zei het liefst: dit geslacht – was ook de familie van Isabella, van de Stenlunds en de Lundgrens en de Holmgrens, ja, ook van de Lindgrens, in wezen was het allemaal dezelfde familie, oorspronkelijk kwamen ze allemaal uit Kvavisträsk. Hijzelf was een achterneef in de vierde graad van Isabella, overigens hoorden ook de lui van Binnen-Yttervik erbij, zij waren via Alma, de grootmoeder van Ivar, bloedverwanten van de Lundgrens, haar halfbroers waren via haar moeder neven van zowel Eberhard als van alle kinderen in Neder-Klinten. En dan mocht je niet vergeten dat ze allemaal op de een of andere manier familie waren van de Dahlbergs in Kläppen. Speciaal de verwantschap met Olof Nimmernykter en het onechte kind in Avabäck moest worden meegeteld. Plus de afstamming van Gumsehufvud, de edelman die het zwaard had gehanteerd bij het bloedbad van Stockholm. Ja, het komt erop neer dat we allemaal familie van onszelf zijn.

Terwijl Torvald sprak, tekende hij met beide handen in de lucht vóór zich de ingewikkelde en ingenieuze stamboom, sommige personen kwamen op drie, vier, ja, zelfs vijf plaatsen voor. Met wijsvinger en middelvinger liet hij de talloze verbindingen naar voren, naar achteren en naar opzij zien, met zijn duimen tekende hij de slippertjes en de hoerenkinderen, zijn krachtige handbewegingen weefden alle takken en worteldraden van heel die weelderige stamboom, de unieke stamboom van deze streek, tezamen.

En de tien dochters van de smid bij Flakabacken, die

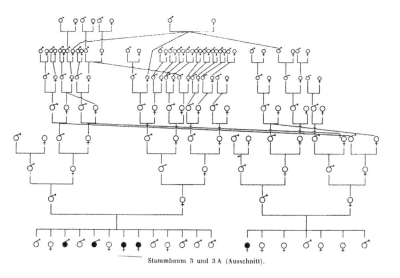

Stammbaum 3 und 3 A (Ausschnitt).

waren allemaal ongelooflijk vruchtbaar geweest, de hele
regio hier zat vol met hun nakomelingen, die in vele
gevallen bij elkaar ook weer nakroost hadden verwekt,
maar wel op fatsoenlijke afstand, zodat er geen inteelt
was ontstaan; zo waren daar bijvoorbeeld de Johanssons
van Åmträsk en Inreliden; Jakob, die vroeg was overleden door een ongeluk, Jakob van Gerda, was bijvoorbeeld
zijn eigen achterneef.

Neven en nichten in de vierde en vijfde graad waren
ze allemaal, sommigen zonder dat ze het zelf wisten. En
hun verwantschap omvatte, bij nadere beschouwing, alle
dorpen en afgelegen hoeven tussen Avaberg en de Kro-
notorpsvägen, dus ook de Holmgrens en de Erikssons in
Granliden.

Ja, zei hij bij wijze van afsluiting, terwijl hij zijn handen op de molensteen liet neerkomen, als iemand zou
willen bewijzen dat het kunstwerk der schepping in al

63

zijn delen was opgebouwd uit samenhangen en verbanden en schakels en voegen, dan moest hij hiernaartoe komen, naar deze streek, hier waren de bewijzen te vinden.

En let wel, wilde hij ook nog zeggen, hij had in zijn uiteenzetting toch nog fijngevoelig vermeden de hoge en nobele afstamming te noemen die alle mensen hier in de buurt tot een uniek en voornaam slag mensen had samengesmolten, een volksstam die met voortreffelijke en trotse vanzelfsprekendheid een speciale positie innam in Västerbotten, ja, in het hele rijk.

Hij verdween even zijn huis in en toen hij terugkwam, had hij een in krantenpapier verpakt voorwerp in zijn hand.

Deze sculptuur, zei hij, wil ik dat Gideon krijgt. Hij was voor Gideon bestemd. Dus als je die kant op gaat?

Ja, dat zou best kunnen. Misschien had hij wel een reden om nog een keer naar Gideon te gaan.

God zegene je, zei Torvald.

Maar het zou nog een tijd duren voordat Gideon de sculptuur kreeg en deze met een eigenaardige mengeling van vrees en verwachting bevrijdde uit de verkreukelde krant, die een voorpagina had waarop bovenaan een rendiermannetje prijkte, dravend onder de sterrenhemel.

's Avonds zat Olof Helmersson bij Asta en Ivar in het kamertje, zijn oeroude en onbegrijpende blik was op het tv-toestel gericht. Net als zijn gastheer en gastvrouw kauwde hij op nageldunne, gezouten en gebakken schijfjes aardappel. Asta had een paar seringentakken in een vaas gezet, ze stonden al in bloei.

Vermoedelijk wilde hij Asta en Ivar een plezier doen door af en toe een vraag te stellen: Gaat ze hem werkelijk in de steek laten? Moet hij echt sterven net nu het geluk hem begint toe te lachen, is daar niets aan te doen? Zal die oude dame haar zoon nooit weerzien? Is die ziekte dodelijk? Vindt hij zijn biologische vader nooit terug? Is die vijandschap onvermijdelijk? Terwijl de moeder nog niet koud op haar bed ligt? Is er geen genade? Op televisie.

En Asta en Ivar konden zijn ongerustheid altijd wegnemen. Over een week gaan ze weer naar elkaar terug. En hij sterft niet, het geluk lacht onverdroten en de zoon komt terug bij de oude dame, terwijl ook de ziekte zich laat genezen. Bij de moeder die koud ligt te worden maar die over veertien dagen best weer warm en levensvatbaar zou kunnen zijn, vindt hij zijn biologische vader terug. De vijandschap blijkt vermomde vriendschap te zijn. Een aflevering of twee, dan is alles weer in orde.

Je zult zien dat het weer goed komt, zei Ivar. In ieder geval naderhand.

Dat hij nu naar het kerkhof ging was vanzelfsprekend, ja, noodzakelijk. Daar waren ze allemaal te vinden, alle mensen die hij met zijn boodschap had willen bereiken. Bijna allemaal.

Hij klapte zijn fiets in en verstopte hem onder een omgewaaide boom bij de wegsplitsing.

Naar het kerkhof, zei hij toen hij in de bus stapte.

Op uw leeftijd, zei de chauffeur, zou u niet zulke grapjes moeten maken.

Even later liep hij langzaam en nadenkend tussen de grafstenen, op het bankje dat over het akkerland van Olas uitkeek at hij de salade die Asta hem had meegegeven, pasta met casselerrib en paprika.

Hij mompelde en bromde aan een stuk door, soms verhief hij zijn stem alsof hij erop vlaste dat er iemand naar hem zou luisteren. Hij had in Umeå gezeten en aan deze mensen gedacht en van tevoren besloten wat hij hun zou zeggen. Ondertussen hadden zij geleefd en waren ze gestorven en begraven. Nu lagen ze hier. Hij sprak. Met hen? Voor hen? Over hen? Tegen hen?

Ja, hier lig je goed, zeg. Avondzon en uitzicht op No-
ret. Eigenlijk lijkt het hier wel een beetje op de zuidkant
van Myrberg. Het gevoel alsof je thuis bent is een van
de edelste gevoelens. Waar ben jij bekeerd, was dat in de
keuken van Holmgren? Of op een van de zomerbijeenkomsten in Vormsele? We waren heel jong en heel sterk.
Tijdens de koffiepauze deden we een potje armworste-
len. Nu kom ik hier met het evangelie van de verloochening. Beter

JOEL LUNDBERG
Myrberg
1929-1985

laat dan nooit. Hartaanval? Hersenbloeding? Keelkan-
ker? Je rookte pijp, we baden de Heer dat hij je van de
zonde van het pijproken zou verlossen. Nu, wat het ook
is waaraan je gestorven bent, het was genetisch bepaald.
Geloof dat maar gerust. Niemand zal terugkeren op de
wolken des hemels en

FAMILIEGRAF HOLMGREN
Klinten, Inreträsk
BERTIL 1921-1996
KLARA 1924-1996

zijn uitverkorenen bijeenbrengen uit de vier wind-
streken, en hij zal al helemaal niet omringd zijn door
engelen en sterke bazuinen. Bazuinen? Moet dat niet
buizunen zijn? Of tuba's? Hoewel, dat orgel in Inreträsk,
dat zal ik nooit vergeten. God zij geloofd vanwege dat
orgel. Allejezus, wat een muzikaal volk! Geliefde gewezen medemensen! Het spijt me dat we dat orgel hebben
misbruikt, dat we elkaar met die bruisende klanken om
ons heen hebben bedrogen en misleid. Muziek verleidt
ons ertoe in God te geloven. Johann Sebastian Bach en

Otto Olsson zijn verschrikkelijk verraderlijk. Ze wekken de wellust van onze zielen op. En dan wil ik het niet eens hebben over Einar Ekberg, op die grammofoonplaten bij jullie in de keuken. Ergens tussen

RUNE ERIKSSON
Berget
1936-2003

alle schimmen staat Jezus. Ja, onze zielen zijn vol schimmen. De ziel is zogezegd zelf ook een van die schimmen. Wij wisten niet beter. Ik wist niet beter. Er is geen grens aan wat wij ons kunnen inbeelden. Kijk eens goed, je zult zien dat hij er staat. Wat hebben wij ons toch allemaal ingebeeld! Waarom is jouw beroep niet in je steen gegraveerd? IN HET GELOOF AAN ZIJN VERLOSSER: ja, dank je de koekoek! Niet STIERHOU-DER, dat deugt niet voor de eeuwigheid. Dekkingen en zaadcellen, nee, dat is niet deftig genoeg! En toch is er

Het echtpaar ELVIN en VIOLA LINDGREN
Kullmyrliden
Joh. 8:52

geen ander voortbestaan dan via eitjes en zaadvocht. Natuurlijk, Johannes acht vers tweeënvijftig. Wie mijn woord bewaard heeft, die zal de dood niet smaken. Goed gevonden, heel goed gevonden: de dood smaken! Hier op de heuvelrug, geliefde gemeente, smaakt de dood natuurlijk naar gruis en keileem. Nu, dat hebben jullie verdomme nog aan toe zeker mogen smaken! Neem me de uitdrukking

Boer
SVEN MARKLUND
Nyliden
1930-2004

niet kwalijk, maar nu ik niet langer kan preken, moet ik op zijn minst af en toe even kunnen vloeken. Ah, Sven, wij hadden nogal eens mot met de duivel. Jou heb ik wel zeven of acht keer moeten bekeren. Een bekering kon een paar weken duren, langer niet. Dan verviel je weer in de zonden van het sigaretten roken en het vloeken en het pimpelen en de hoererij en de dansmuziek. Kom, maak je borst maar nat, want we gaan er weer tegenaan, in naam van Christus! zei ik. We geven Satan er nog een keer van langs. Halleluja! Ben je bekeerd of onbekeerd gestorven? Ach, wat

Redacteur

MANFRED MARKLUND

Avabäck

EVA, zijn echtgenote

maakt het uit, God zij geprezen, naar de hel met de zonde, met Satan en met de Genade! Beste Manfred! Dat we elkaar onder deze omstandigheden moeten weerzien! Broeder! Avabäcks dichtervorst in eigen persoon! Ach, wat ben ik jaloers op je geweest! Als je je heerlijke nieuwsberichten en je schitterend poëtische stukjes over deze streek schreef! Als je ze in druk zag, soms zelfs opgesierd met een vignet dat je zelf had getekend! Ik heb zo vaak gedacht: wat een dichter had ik niet kunnen worden! Met mijn fabuleuze talent. Wat een romans had ik niet kunnen schrijven. Als ik maar niet had gepreekt! Onze bodemloze gesprekken, beslissend voor de rest van ons leven, nee, die zal ik nooit vergeten! En wat je me hebt geleerd over de aard van het kunstenaarschap! We proberen het gewoon uit, zei je toen je je liet bekeren. Als ik het niet uitprobeer, kan ik niets over het verschijnsel in de krant schrijven. Nu ik bijna vierentachtig ben, begrijp ik je volkomen. Alles, alles proberen we uit. Rust in vrede. Voor zolang het duurt. En jij

ANNA LINDBLOM
ongehuwd
1904-1977

die zo vroom en ijverig zong, al was het ietwat vals. Je nichten wilden niet dat je met het zangkoor meedeed. Die liggen hier in hetzelfde blok, zie ik. Met hun absolute gehoor. Nu zwijgen jullie zogezegd in koor en moeten ze erin berusten. Geef ze namens mij maar door dat de eeuwigheid één eindeloos vals gezang is, één onafgebroken dwaaltocht tussen de toonsoorten. Do re mi fa sol la ti do. Steeds weer opnieuw.

Hij liep voorovergebogen, met kromme rug, zijn oude zwarte colbert hing slap en vormeloos om zijn wrakke lijf, de dunne krans van wit haar lag in pluizige lokken over zijn oren. Soms struikelde en wankelde hij, en als hij met een hulpeloze beweging zijn handen uitstrekte naar de doden die in de graven lagen, verloor hij soms zijn evenwicht en viel bijna. Verdomme! zei hij dan. Verdomme!

Zijn stem klonk vaak wat schril en half gebroken, hoewel hij zich zo te zien moeite gaf om warm en vertrouwelijk tegen zijn vroegere gemeente te spreken.

Zo dwaalde hij een uur of wat rond.

Ten slotte bleef hij staan voor een lage, onaanzienlijke steen van grijsgespikkeld graniet

ISABELLA STENLUND
Inreträsk
Lucas 7:47

bij de westelijke muur, voor de steen was een door de vorst aangetaste geranium ingegraven. Daar bleef hij lange tijd staan zonder iets te zeggen, in verstrooidheid vouwde hij zijn handen voor zijn buik, zijn lippen trilden licht toen hij ze met zijn tong bevochtigde. Uiteindelijk zei hij met een diepe zucht waar zijn luchtpijp van piepte: Ah, Isabella. Ja, ja, Isabella.

Toen werd er opeens een zware hand op zijn afhangende, breekbare schouder gelegd. Schuin achter hem stond de koster van de kerk. Zijn gezicht was dieprood, bijna gevlamd door de zon.

Wat loopt u hier te praten, zei hij.

Mijn herinneringen dringen zich op, zei Olof Helmersson en hij stak zijn hand uit ter begroeting. Ontzettend lang geleden was ik zielzorger in het noordelijke deel van deze parochie. Ik ben Olof Helmersson.

Maar de koster scheen de uitgestoken hand niet te zien.

Ik heb u een hele poos gevolgd, zei hij. U hebt de hele tijd lopen praten.

Als je je oude gemeente terugziet, zei Olof Helmersson, is het moeilijk om te blijven zwijgen. Het hart is vol en de mond loopt over.

Het is verboden om met de doden te spreken, zei de koster. De kerkeraad heeft dat verboden.

Dat wist ik niet, zei Olof Helmersson.

Wij zijn goede protestanten, zei de koster. Wij vertrouwen op Maarten Luther. Bij ons zijn de doden echt dood. Het is zinloos om te proberen met ze te praten.

Maar dan kan het toch zeker ook geen kwaad? zei Olof Helmersson.

Ze moeten met rust gelaten worden. Ze liggen hier in de akker Gods te wachten op de opstanding. Op de jongste dag zullen ze weer opstaan. En de keileem van zich afschudden. En God zal een nieuwe hemel en een nieuwe aarde maken.

Nee, zei Olof Helmersson vol energie. Er komt helemaal geen opstanding. En deze ellendige aarde hier is de enige, definitieve aarde.

Hij richtte zich zo krachtig en fier als hij maar kon op, met zijn rechterhand maakte hij een zwierig gebaar dat het gehele kerkhof omvatte.

Ze zijn voor eeuwig dood, zei hij. Op het moment van hun sterven werden ze tijdgenoten van de orang-oetans en de fossielen van Darwin. Ze waren gewone zoogdieren, anders niet. Van die dieren die levende jongen baren. Ze zijn hier begraven om hygiënische redenen. Eeuwig leven is onmogelijk, dat bestaat niet.

Eén klein voorbehoud wilde hij wel maken: sommige virussen hadden mogelijk het eeuwige leven. Maar dan moest je je wel afvragen hoe het dan met het bewustzijn zat. In hun geval. Een eeuwig leven zonder bewustzijn lijkt wat leeg. Net als die series op de televisie. Je moest zogezegd de twee woorden *eeuwig* en *leven* tussen aanhalingstekens zetten. En hoe zou het zijn als Christus zou wederkeren en alle virussen van de wereld om zich heen zou verzamelen. Kankervirussen links, verkoudheden rechts.

Maar waarom praat u dan met de doden?

Ik zei toch al dat ik niet wist dat dat verboden was.

Toen bekende de koster van de kerk dat ook hij soms in de verleiding kwam om tegen alle overledenen die hij iedere dag en ieder moment om zich heen had te gaan praten. Om ze als het ware te troosten, om ze moed in te spreken. Die dag en die ure leken immers langer op zich te laten wachten dan was afgesproken. Er waren dagen dat de doden bijna onfatsoenlijk aanwezig leken. Niemand wil dood zijn, zei hij. Je wordt knap verdrietig als je eraan denkt. Je moet jezelf ertegen harden.

Hij had zijn linkerarm om Olof Helmerssons schouder gelegd en voerde hem voorzichtig naar de uitgang van het kerkhof, de poort die op de Skolgatan uitkwam.

Velen, zei Olof Helmersson, hebben het denkbeeld opgeworpen dat de dood een soort slaap is. Dat je alleen maar slaapt. En droomt.

Dat is mooi, zei de koster. Maar de kerkeraad heeft dat denkbeeld verworpen.

Maar mocht het zo zijn, vervolgde Olof Helmersson, dat dat absurde idee juist is, dan zouden de doden ons kunnen horen. Ver weg en onduidelijk. Zoals je 's ochtends de eerste nieuwsuitzending op de radio soms hoort.

Ik slaap in het bed van de predikant in Neder-Avabäck, voegde hij er ter verklaring aan toe. Met een transistorradio op het nachtkastje.

Helaas, zei de koster. Het is niet toegestaan om op die manier te denken. En voor de zekerheid begraven we de overledenen zo diep dat geen stem hen zal kunnen bereiken.

U spreekt nu ambtshalve, zogezegd?

Natuurlijk. Men spreekt altijd ambtshalve, dat kan niet anders. Noem mij iemand die niet ambtshalve spreekt! Eigenlijk is het me verboden me uit te laten over het leven na de dood.

Olof Helmersson scheen geen bezwaar te hebben tegen de arm die om zijn schouder was gelegd. Integendeel, nu en dan liet hij zijn bovenlichaam zijdelings overhellen en discreet steun zoeken bij zijn forsgebouwde en gespierde metgezel.

M'n aanstellingscontract, vervolgde de koster. Het reglement van de kerkeraad. En de wet tot bescherming van de rechtspositie van de werknemer. Met name artikel achttien.

Op het trottoir van de Skolgatan aangekomen hielden ze stil. De koster haalde zijn arm weg als teken dat de al te spraakzame bezoeker nu mocht gaan waarheen hij wilde.

Hoe zei u dat u heette? vroeg hij.

Olof Helmersson. De grote opwekkingsprediker. Dat ben ik.

Maar de koster schudde het hoofd. Nee, hij had nog nooit van zo iemand gehoord. En de tijd van de opwekkingspredikers was allang voorbij.

Laat het niet weer gebeuren, zei hij ter afsluiting. En toen Olof Helmersson zich in beweging zette in de richting van het busstation, voegde hij er ter zake kundig aan toe: U zou werkelijk beter op uw woorden moeten letten. Zelf hebt u vast ook niet zo lang meer te gaan.

Tussen Neder-Avabäck en Klinten ligt de Linushoeve. Misschien woonde Linus daar in de negentiende eeuw, misschien groef hij de sloot naar de Avaplas, mogelijk was hij het die de stenen muren heeft gestapeld, wellicht heeft hij het hout voor de hooiruiters gehakt en ontschorst, dat nu tegen de doodgevroren vogelkers bij de weg ligt te rotten. In de winter stond de Linushoeve leeg, met dikberijpte vensterruiten. Maar 's zomers kwamen Kristina Lundmark en de man met wie zij samenleefde. Waarschijnlijk was zij eigenares van de Linushoeve, ze behoorde tot zijn familie, op welke manier wist ze niet. Dat was ook wat ze tegen Olof Helmersson zei; hij had zijn fiets tegen de stenen paal bij de oprit gezet (vermoedelijk had Linus het graniet voor de paal zelf uitgehakt) en ouderwets beleefd gevraagd: Mag ik even op dit bankje hier gaan zitten om wat uit te rusten?

U mag gaan zitten waar u wilt, zei ze. Die oude bank is niet speciaal van iemand.

Ze was gekleed in een blauwe overall, in haar hand hield ze een mestvork. Ze maakte de grond los in het moestuintje.

Ik wil altijd wat sla hebben, zei ze. En dille en peterselie en bieslook. En radijs. Voor bij de kaas.

Vroeger, zei Olof Helmersson, werd dat in deze omgeving mannenwerk genoemd.

Die van mij deugt nergens voor, zei ze. 't Is een Stockholmer.

Nee, vervolgde ze, vermoedelijk was zij niet de eigenares van de afgebladderde tuinbank waarop hij was gaan zitten, misschien ook niet van het lapje grond dat ze nu aan het bewerken was, evenmin bestond er een papier waaruit bleek dat het huis in wettelijke zin van haar was. Ze had de hele zaak gewoon overgenomen, zoals haar moeder vóór haar had gedaan en haar opa van moeders kant daar weer voor, en die had op zijn beurt weer geërfd van de oma van zijn moeders kant. Zo zijn wij in onze familie altijd geweest, zei ze. Het overnemen was erfelijk, het verliep volgens een erfelijkheid die in het zuiden onbekend was.

En voor het geval hij dit gedeelte van de parochie niet kende, hij die uitgeput op haar tuinmeubilair was gaan zitten, dan wilde ze hem graag laten weten dat hier een heel eigenaardig slag mensen woonde. Hier in de omgeving schikten de mensen zich niet in de stempels en zegels en aflaatbrieven en jachtseizoenen en waterbepalingen van de autoriteiten. Tot deze familie te behoren, die alle mensen in deze omgeving omvatte, was zoiets bijzonders dat zuiderlingen dat nooit zouden kunnen begrijpen. Wij trekken ons van weinig dingen iets aan, zei ze. Dat zit ons in het bloed.

Daarop bracht Olof Helmersson onder haar aandacht dat hij haar omgeving heel goed kende, zowel de omgeving als de mensen, in ieder geval de streek zoals die vroeger was en de mensen die ooit in leven waren geweest.

Ik ben namelijk Olof Helmersson, de opwekkingsprediker, zei hij. Ik heb vrijwel alle mensen bekeerd. Ik verkondigde Gods woord in alle zeven gemeenten. Bovendien speelde ik accordeon.

Het zal niet meegevallen zijn om ons te bekeren, zei ze.

Een bekering krijg je nooit gratis, zei hij. Voor iedere ziel moet je strijden.

De man met wie ze samenleefde was naar buiten gekomen en naast haar komen staan. Hij reikte slechts tot aan haar schouders, maar hij was breed en groot en had lichtblauwe ogen en een glimlachend gelaat, dat hij naar Olof Helmersson wendde. Kristina stelde hem voor: In Zuid-Zweden heeft hij een naam. Hier heet hij gewoon de Stockholmer, zei ze, terwijl ze met vingers waaraan grond kleefde naar hem wees.

Opwekkingen en bekeringen en dat soort dingen, zei de Stockholmer. Ja, daar hebben we misschien weleens van gehoord. Maar we weten er niets van.

Je bekeren, onderwees Olof Helmersson, houdt in dat je je aan God overgeeft en Jezus Christus in je hart ontvangt. Dan word je bevrijd van je zonden. En de jubelende ziel verwerft het eeuwige leven.

Nou, zei Kristina Lundmark, terwijl ze met de vork een paar klompen aarde omkeerde, u mag het best met ons proberen, met mij en de Stockholmer.

De zitting van de tuinbank bestond uit smalle latten die in Olof Helmerssons knokige billen kerfden. Hij probeerde zich te strekken en te gaan verzitten, terwijl hij zei: Het is ontzettend lang geleden. Jullie tweeën waren nog niet eens geboren. Ik heb al vijftig jaar lang geen enkele ziel meer bekeerd. God zij geprezen.

Nee, dit was zogezegd zijn laatste reis en deze keer was zijn missie volstrekt tegenovergesteld: de bekeerden te overtuigen van de valsheid en leugenachtigheid van de bekeringsboodschap, hen nogmaals te bekeren, maar nu in tegenovergestelde richting. Tientallen jaren van gepieker en onderzoek en hoofdbrekens hadden hem tot de onwrikbare overtuiging gebracht dat er helemaal geen God bestond, dat Christus slechts een van de honderden overspannen profeten uit de periode rond Christus' geboorte was geweest, dat de mens een zielloos schepsel was, net als het tamme vee, en dat er geen engelen in de ruimte zweefden.

Nou nou, zei de Stockholmer, die binnenkort met zijn ware naam in de krant zou komen, nou nou, dan krijg je het verdomde lastig met ons hier in de Linushoeve. Je moet ons eerst opwekken en bekeren, voordat je ons weer van de bekering af kunt helpen.

Daarop echter schudde Olof Helmersson energiek zijn hoofd en hij zwaaide met de opgewonden vingers van zijn rechterhand in de lucht. Nee, dat was absoluut niet nodig! Hij wilde hun juist gelukwensen, allebei! Ze bevonden zich in een staat van onschuld en onwetendheid. Een toestand waarin God evenmin bestond als niet bestond. En in wezen was dat hetzelfde als de staat van genade.

Hij vertelde terloops dat hij eigenlijk op weg was naar Gerda, Gerda van Jakob, Gerda van Inreliden.

Ja, zei Kristina, die Gerda, dat is iets onbegrijpelijks. Ze ligt al een paar jaar op sterven. Maar het komt er gewoon nooit van.

Ieder voorjaar als zij en de Stockholmer uit Zuid-Zweden terugkeerden, informeerde ze bij de buren naar Gerda's begrafenis, of ze de afgelopen winter nu eindelijk was gestorven, oude mensen sterven immers als het op zijn koudst is. Gerda was een van haar naaste familieleden, hoe naast kon ze niet zeggen. Of misschien was Jakob dat wel geweest, ooit. Maar nee, tot nu toe was er nog geen winter streng genoeg geweest voor Gerda. Algemeen werd er gezegd dat ze op iets wachtte. Of op iemand. Dat was de reden dat ze niet fatsoenlijk kon sterven nu het haar tijd was. Het zat in de familie, die onbegrijpelijke koppigheid, en die hield haar in leven.

Ze zal toch niet op u hebben gewacht, zei ze tegen Olof Helmersson.

Op mij, nee, zei hij, de goden mogen het weten! Dat kan echt niet!

Als je te voet van de Linushoeve naar Inreliden gaat, dan volg je het Lindblompad, de weteringweg, het tegenwoordig geheel dichtgegroeide, slechts op stafkaarten zichtbare pad dat de oude Lindblom afliep als hij bij de meiden in Neder-Avabäck ging kweesten. Zo vaak en zwaar liep hij, dat het pad soms wel een beekbedding leek. Maar wie zich per fiets verplaatst, komt onvermijdelijk langs Klinten. En langs het huis van Holmgren, dat wil zeggen langs de plaatselijke redactie.

Zijne Majesteit de Koning had zonder omhaal gewoon aan tafel plaatsgenomen. Uit zijn zilveren zakflacon schonk hij een glas brandewijn in voor zichzelf en zijn gastheer. Proost! zei de majesteit. Proost, Majesteit! zei de gastheer.

U hebt uw naam genoemd, zei de koning. Maar ik ben hem vergeten.

Linus, zei de boer. En mijn boerderij wordt de Linus-hoeve genoemd.

Ik wil u gelukwensen met de machtige sloot die u hebt gegraven, zei de koning. Helemaal tot aan het meer. Hoe heet het ook al weer, zei u?

De Avaplas, Majesteit. Om precies te zijn, de Grote Avaplas.

En de geur van hars uit het pas ontschorste hout voor de hooiruiters drong tot in huis door.

Fraaier hout voor hooiruiters heb ik nooit gezien. Tevens gefeliciteerd met het hout voor de ruiters!

Dank u, Majesteit.

Proost!

Proost, Majesteit.

En is het zo dadelijk weer tijd voor het melken van de koeien?

Ja, Majesteit.

Een onroerend goed als dit, zei de koning, brengt natuurlijk een achtenswaardig bezit aan vee met zich mee.

Ik heb twee koeien, zei Linus. Een witte en een zwartgestippelde. De witte heet Sköna, dat is een belkoe, de gestippelde is Pärla.

Nu, zei Karel de Vijftiende, die vermenigvuldigen zich! En de kalveren worden flinke koeien!

De kalveren, zei Linus, die zouten we in de herfst in. Op een paar bouten na, die hangen we te drogen aan de schoorsteen.

Als al je sloten gegraven zijn, zal de drassige grond je het honderdvoudige opleveren! zei de koning.

Ja, zei Linus. Als Uwe Majesteit het zegt, dan zal dat wel.

En nu gaan we melken! zei de koning.

De meid en Linus' vrouw waren al in de stal, de majesteit prees de witgekalkte muren en de geranium die de koeien op hun vensterbank hadden. Vervolgens pakte hij resoluut de emmer uit de hand van de meid en ging op de kruk bij Sköna zitten. Hij zette zijn rare hoge pet met de gebogen klep af en liet zijn enorme hoofd tegen haar zware buik rusten.

Eerst, zei hij, voer ik het kunststuk uit dat omlaag brengen heet!

En met beide handen pakte hij de uier beet en streelde en stompte en kneedde die van boven naar beneden, met zijn vingertoppen zocht hij de melkvoerende vaten en klieren op en masseerde ze gewetensvol. Linus en zijn vrouw en de meid stonden achter de mestgoot, ze konden of durfden nauwelijks met de ogen te knipperen terwijl ze naar de wijze, deskundige handen van de koning keken.

En nu het melken! vervolgde hij.

Met zijn rechterhand pakte hij Sköna's voorste linkerspeen beet, met de linker haar achterste rechterspeen. Met een sissend, bijna fluitend geluid begon de melk in de emmer te spuiten die hij tussen zijn kloeke dijen geklemd hield.

Linus' vrouw en de meid verslonden met hun blikken de krachtige en tegelijkertijd tedere bewegingen van de vingers, het vastberaden en ritmische knijpen van boven naar beneden, de glijdende en vallende greep om de tepels van de duimen en wijsvingers tot en met de pinken, het spel van de spieren en pezen op de ontblote

onderarmen en polsen van de koning. Zoiets hadden ze
nog nooit gezien of meegemaakt.

Toen de emmer van de meid vol was, gaf hij die aan
Linus en ging verder met de emmer van Linus' vrouw.
Ten slotte was ook die tot de rand gevuld. Sköna had
dus vier kannen gegeven, dat wil zeggen driemaal
zoveel als ze anders 's avonds gaf. Boven op het vette
schuim glinsterde een heel klein druppeltje bloed.

Ze zou waarachtig zelfs in mijn eigen stal een sieraad
zijn, zei de koning. Een voortreffelijke koe, deze Kröna.

Sköna, zei Linus.

Alle schepselen hebben deel aan Gods genade, zei
de koning. Zelfs het rundvee. God is groot en laat ons
steeds versteld staan.

Toen Olof Helmersson eindelijk bij Gerda van Inreliden kwam, was Asta er al, ze vroeg hem in de keuken
te wachten, ze had nog niet alles uitgevoerd wat in het
werkschema geformuleerd stond. De wandklok was op
half zeven stil blijven staan. Later vroeg hij Asta: Wind je
Gerda's klok niet op?

Nee, dat staat niet in het schema. Ze had het zelfs na-
gevraagd bij de autoriteiten in de stad. Maar ze had graag
gewild dat het mocht.

Naast de klok hing een foto in een lijst van imitatie-
schelpen, een heel jonge man in een uniformjas, zijn
blik leek strak op de schoorsteenmantel gericht.

Ja, bevestigde Asta, die net met een gele plastic emmer uit de achterkamer kwam, dat schijnt Jakob te zijn,
de Jakob die Jakobs Gerda haar naam heeft gegeven. Uit
de emmer kwam een zoete, weerzinwekkende stank. Na
een poosje kwam ze de kamer nog eens uit, nu met een

bundel lichtgele lappen die ze met rubberen handschoenen aan droeg. Ook daar kwam een misselijkmakende lucht van kwellingen en ouderdom vanaf. Ik heb niet gezegd dat je er bent, zei Asta. Je weet maar nooit of ze het kan hebben. En ik kan het me niet veroorloven haar kwijt te raken. Op tafel lag een opgevouwen krant, hij was drie jaar oud. De vloerkleden lagen opgerold langs de wanden. Het radiotoestel, op zijn korte kant gezet, stond met de luidsprekers tegen de lambrisering aan, uit de bloempotten op de vensterbanken waren planten en aarde verwijderd.

Voordat Asta wegging zei ze nog: Je moet voorzichtig zijn. Ga maar heel stilletjes naar binnen. Als ze in slaap gevallen is, moet je haar niet wakker maken. Ze slaapt twintig uur per dag. Zeg niets wat haar onrustig kan maken. Ze is als een zaadpluisje van een wilgeroosje. Ze weet niet meer wie je bent.

Toen hij de kamerdeur behoedzaam opengemaakt had en op de drempel stond, draaide Gerda haar hoofd en keek hem met haar doorschijnende, bijna kleurloze ogen aan. Toen ze sprak kwamen haar woorden langzaam en enigszins aarzelend, maar haar stem was even licht en helder en vrij van trillingen als vijftig jaar geleden.

Daar ben je dan eindelijk, Olof Helmersson. Ik heb op je gewacht. Op jou, ja.

Ik ben wat verlaat, zei hij. Ik ben op een aantal plaatsen opgehouden. Maar ik ben je in die vijftig jaar nooit vergeten.

Achtenveertig jaar en drie maanden, corrigeerde ze.

Mijn weg voerde helaas nooit deze kant op, zei hij. Het leven is eigenlijk te kort, als je bedenkt wat we allemaal te doen hebben.

De hoofdzaak is dat je teruggekomen bent, zei Gerda. Er is natuurlijk geen grens aan wat je te doen staat. Strikt genomen moet de hele wereld immers bekeerd worden.

En, even later: Jezus Christus zal ook terugkomen.

Hij had een van de houten stoelen naast het bed gezet en was gaan zitten.

Ze strekte een hand naar hem uit en hij streelde die voorzichtig. Haar geelwitte huid zat strak over haar hoge voorhoofd en krachtige jukbeenderen. Hij tastte aarzelend met zijn vingers zijn eigen gezicht af. Ja, daar zat nog wel wat vlees hier en daar onder de huid.

Ik lig hier op sterven, vervolgde ze. Zo lig ik nu al drie jaar.

Tegen de tijd zijn wij volkomen hulpeloos, zei hij. De tijd is bovenmenselijk en bovenzinnelijk. Ikzelf fiets, terwijl ik stervende ben.

Op het wastafeltje lag haar gitaar, hij herkende hem. Boven het hoofdeinde van het bed hing een viool, die had waarschijnlijk aan Jakob toebehoord. Onder het raam stond het zwarte harmonium, het deksel dichtgeslagen boven de toetsen.

In al die jaren ben ik nooit mijn geloof kwijtgeraakt, zei ze. Van geloven word je taai.

Ze bleef een poosje stil, op zoek naar de juiste woorden.

Maar, zei ze even later, soms was het aan het fladderen en was het niet standvastig, mijn geloof. Mijn geloof heeft zijn licht als het ware even laten knipperen vlak voordat de stroom eraf zal gaan.

Hij streelde nog een keer haar hand, ook als godloochenaar was hij dus zielzorger. Ze slaagde er niet in haar borstkas met lucht te vullen, daarom moest ze om de twee of drie woorden steeds even kort ademhalen: Als ik mijn gedachten naar Jakob liet gaan, gebeurde het weleens dat ik korte tijd bijna vergat te geloven. En als ik terugdenk aan ons dochtertje, dat kleine meisje van Jakob en mij, dan zie ik alleen haar en het poppetje dat ze altijd in haar arm vastknelde, dan zie ik niet Christus en het geloof. Eigenlijk moet je tegelijk met al het andere geloven. En daarin schiet ik tekort. Dat is een lijden voor mijn geweten.

Jullie dochtertje? zei Olof Helmersson. Waar is zij dan nu?

Gerda slikte een paar keer lucht, misschien probeerde ze zelfs haar keel te schrapen voordat ze wist hoe dit moest worden gezegd: De eerste keer dat de Heer jou hiernaartoe zond, de oorspronkelijke keer dus, toen was ze er al niet meer. Maar je zult haar in de Eeuwigheid ontmoeten. Daar, waar wij allemaal tezamen komen. Je zult haar meteen herkennen. Ze heeft rood haar en sproeten en een pop onder haar arm, zoals ik al zei.

Daarop keerde ze terug naar haar gedachten over het geloof: één kracht slechts kon het geloof vastheid en bestendigheid geven, en dat was de Waarheid, de eeuwige Waarheid. Zonder de Waarheid ging het geloof hijgen en beven. En niemand bezat de Waarheid zoals hij, Olof Helmersson. Als hij preekte of de gemeente voorging in gebed, dan was het geloof één grote schijnwerper. Licht en Waarheid! Hij was de enige die haar kon helpen. Met de Waarheid die standhoudt.

En dat is de reden, zei ze, dat ik op jou heb gewacht. Mijn wachten is zo alles overschaduwend geweest dat ik het mezelf niet kon veroorloven om dood te gaan.

De zon door het raam achter het harmonium had het

kussen en haar gezicht bereikt. Ik kan het gordijn dicht-
trekken, zei hij.

Nee. Ze wilde het licht zien. Iedere dag verheugde ze
zich rond dit tijdstip op het licht.

Het was goed om te horen, zei hij, dat het onderwerp
waarheid hier in Inreliden in leven gehouden was. In
de rest van de wereld, zei hij bitter, was het onderwerp
over het algemeen vergeten. Hijzelf had er in de vijftig of
achtenveertig jaar, of hoelang hij ook maar weg was geweest, onafgebroken mee geworsteld. Over de waarheid
kon je zo ongeveer zeggen wat je maar wilde. Een uit-
spraak doen over de waarheid was enerzijds kinderspel,
anderzijds een dodelijk ernstige zaak. Het is de waarheid
die ons vrij zal maken. Hij die de waarheid maakt, komt
tot het licht. We moeten iedere waarheid dulden, ook de
waarheid die onszelf vernietigt. De waarheid verspreidt
haar licht in alle richtingen. Het zoeken naar waarheid
is geworteld in rechtvaardigheid. Wantrouwen is de enige weg naar de waarheid. Alle waarheden zijn krom. De
liefde heeft haar vreugde in de waarheid.

Het is eigenaardig, zei Gerda, hoe rustig en veilig ik
me voel als ik je stem hoor, Olof Helmersson. Nu jij bij
me bent, maak ik me geen zorgen meer. God zij geloofd
dat je bent teruggekomen. Je hoeft maar één woord te
zeggen en al mijn vrees verdwijnt. Ik heb het al die tijd
geweten, ik heb nooit getwijfeld.

Daarna zei ze: Maar post wordt hier niet meer bezorgd.
En de telefoon heeft in geen jaren gerinkeld.

Ja, Gerda, zei hij, je leeft hier geborgen en bevrijd van
al het wereldse en overtollige.

Nu ben ik moe, zei ze.

86

Ja, de wetenschap dat hij weer bij haar was, had haar ziel met zo'n rust vervuld dat ze absoluut wilde slapen. En nu moest hij iedere dag of om de dag naar haar toe komen. Tot alles voorbij was.

Ja, zei hij die stervende op zijn fiets rondreed, daar kun je van op aan. Hoe zou ik je in de steek kunnen laten?

Op de terugweg zag hij dat het tuintje bij de Linushoeve nu helemaal gereedgemaakt was. Tussen de bedden waren de paden netjes aangestampt, de gezaaide rijen waren met de hark getrokken, kleine, in de grond gestoken houten bordjes markeerden de soorten. Kristina Lundmark zat op de bank waarop hij eerder die dag had gezeten, op het trapje bij de deur zat de Stockholmer een sigaret te roken.

Voordat hij weer in het predikantenbed kroop, vroeg Asta: Gerda herkende je zeker niet?

Dat is moeilijk te zeggen, zei Olof Helmersson. Ik ben bij God immers niet meer wie ik was.

G ebeurde er dan niets anders in de omgeving in die
dagen, nee, niet die dagen maar die weken of maanden dat Olof Helmersson als een spook rondfietste en
zich nu eens bij de ene, dan weer bij de andere boerderij
liet zien? Ja, zo noemde hij zichzelf, een spook, vermoedelijk vervuld van een besef dat over hem was gekomen
na het eerste bezoek aan Gerda, Jakobs Gerda van Inreliden: Ik ben slechts een onzalige geest, ik waar rond als
een spook omdat mijn ziel geen rust kan vinden, slechts
in formele zin ben ik niet dood. In werkelijkheid ben ik
en zijn mijn tijdgenoten al tientallen jaren dood. Maar
iets in het verleden dwingt ons ertoe bij de overlevenden
te komen spoken.

Natuurlijk: er gebeurde heel wat. Een tijdje later zou
niemand zeggen: dat was in die zomer dat de opwekkingsprediker Olof Helmersson hier in de omgeving
rondfietste. Nee, na verloop van tijd zouden ze de zomer
vernoemen naar de Stockholmer.

Je hebt je accordeon niet bij je?

Dat was het eerste wat Gerda vroeg toen hij weer in
Inreliden kwam.

Nee, moest hij haar uitleggen, de tijd van de accordeons was al heel lang voorbij. Al tientallen jaren had hij de accordeon niet meer in zijn armen genomen. Wij die vroeger leefden waren weliswaar ontvankelijk voor de innigheid en de ernstige weemoed van de klanken van de accordeon, misschien ook voor de discrete en verstolen zinnelijkheid, maar die ontvankelijkheid hebben de mensen die nu leven niet. En wij geestverschijningen hebben andere dingen om aan te denken.

Niemand wordt tegenwoordig nog gegrepen door accordeonmuziek.

Het alledaagse vond plaats of deed zich voor. Sommige dagen stond het in de krant.

De brandweer kwam naar Neder-Avabäck met twee grote auto's en slangen en spuiten en een vlammenwerper om het schoolgebouw te laten afbranden, het stond al twintig jaar ongebruikt en was ernstig vervallen.

Kinderen en kleinkinderen die naar Zuid-Zweden waren verhuisd en onderwijzer waren geworden, keerden in de zomervakantie terug. Het gebeurde wel dat Olof Helmersson met hen probeerde te praten. Maar ze glimlachten alleen maar medelijdend en enigszins hooghartig om zijn uiteenzettingen, ze wisten al dat God niet bestond.

Een Noorse toerist die verkeerd was gereden kwam in Träskliden terecht, hij dacht dat hij op weg was naar Arvidsjaur. Men maakte het professorenbed voor hem klaar, het uitschuifbed waarin professor Boklund, de kunstschilder, ooit een nacht had geslapen, heel lang geleden, toen hij in zijn bodemloze dronkenschap het kamp van de koning niet meer had weten te bereiken.

Juist die dag had hij *Norrlandse rooksauna* geschilderd.

De postauto kreeg op een ochtend motorpech op weg naar Gårdbäck en moest worden weggesleept.

Een oude schrijver die ooit vertrokken was, was teruggekeerd om in het tuinhuis van Alexander Boman enigszins bedroefd zijn laatste boek te schrijven vanuit de streek waar hij vandaan kwam, een gebied waarvan men hem vaak had beschuldigd het zelf te hebben verzonnen.

De bijenhouders keken uit naar de beste zomer sinds mensenheugenis, het stond in de krant. Reeds was de eerste honing geslingerd, honing van jonge bomen en struiken. Toch waren heel wat dorpen bezweken als gevolg van de ongewoon strenge winter. Hetgeen blijkt uit eerdere informatie van onze verslaggever ter plaatse.

Een paar dagen lang viel er regen, een voor Västerbotten karakteristieke kalme regen, uitgedund en veredeld tijdens de tocht over de bergketen. Olof Helmersson lag die dagen stilletjes in het predikantenbed omhoog te kijken naar het witgekalkte plafond. Af en toe las hij, voor de zekerheid als het ware, in het enige boek dat een plaatsje had gekregen in zijn kleine koffer:

Wie heeft Jezus uitgevonden? Dat was Marcus, een vrije schrijver die waarschijnlijk volledig in handen was van opdrachtgevers en sponsors. Hij schijnt tot de kring rond de apostel Paulus te hebben behoord, hij schreef alles wat hem en de zogenoemde gemeenten eventueel kon behagen.

Er stond een grootse, veelomvattende materie tot zijn

beschikking: de lotgevallen van de Griekse goden, de meest nabije Joodse geschiedenis, oeroude mythen over dood en opstanding, talloze verhalen over Hebreeuwse profeten in de voorbije eeuw. Hij was, eenvoudig uitgedrukt, een predikant die vrij was in het vormgeven van zijn eigen evangelie.

Maar wie was Marcus, de dichter achter de mythe? Zijn schrijverschap is een van de meest geplagieerde van de literatuurgeschiedenis. Maar als mens is hij even onbekend en twijfelachtig als de stralendste van de gestalten die hij bedacht, de profeet en opwekkingsprediker Jezus uit Nazareth.

Of:

Het grootste gevaar van onze tijd is het wereldse christendom; binnen een sociaal-ethisch denken in navolging van Kant is het gif van het christendom nog steeds aanwezig. Tegen alle redelijkheid in heerst nog in brede lagen een dorst naar heiligheid en een honger naar sacramenten, kortom, naar bekering. Terwijl de mens van tegenwoordig werkelijk geen bekering nodig heeft, hij is al bekeerd, de enorme wetenschappelijke en technische vooruitgang heeft hem bekeerd. De voornaamste taak van de rede in onze tijd is de scholing van het bewustzijn, de verkondiging van de suprematie van het menselijke denken. Niets, volstrekt niets, duidt erop dat er een ander denken in het universum zou bestaan dan dat van de mens.

Als hij maar niet ziek wordt en hier bij ons doodgaat, zei Asta tegen Ivar. Want dan moet hij begraven worden.

Dan moet de gemeente hem maar cremeren, zei Ivar. En zijn as naar Umeå sturen.

Maar hij werd niet ziek, hij werd tegenwoordig nooit meer ziek. In zijn jeugd, in de opwekkingsjaren van vervoering en vurig enthousiasme, was hij keer op keer ziek geworden: koortsen, ontstekingen, gezwellen. Maar sinds hij het christendom achter zich had gelaten en had verworpen had hij van geen enkele ziekte meer last gehad. Zure oprispingen en maagcatarre, dat was alles.

En toen de regen was opgehouden strikte hij zijn stropdas, kleedde zich in zijn zwarte colbert en ging er weer op uit.

Ivar had hem een paar keer een naam moeten noemen: Bertil van Nybränna, degene die langgeleden de preekstoel van Neder-Avabäck had meegenomen. Ik kan hem me niet herinneren, zei Olof Helmersson. Nee, ik heb hem vast nooit ontmoet.

Halverwege de helling naar Nybränna ligt een koude bron, het water sijpelt tevoorschijn tussen twee rotsblokken aan de kant van de weg. Aan een in het graniet geslagen kram hangt een geëmailleerde kroes. Nadat hij had gedronken mompelde hij een paar woorden die zomaar ongevraagd, onwelkom zelfs, in zijn hoofd opkwamen, hij sprak ze hardop bij zichzelf uit: Een stroom van levend water, helder als kristal.

Nee, ze kenden elkaar niet, Bertil van Nybränna en hij. Toch, zei hij nadat ze elkaar hadden begroet, moeten we zo ongeveer van dezelfde leeftijd zijn.

Ja, dat was heel goed mogelijk; hoewel de bezoeker kordaat trappend tegen de helling op was komen fietsen, zag hij er van dichtbij bedenkelijk verdroogd en wormstekig uit. Men stijgt, zei Bertil van Nybränna, naar steeds groter waardigheid en voornaamheid, speciaal in onze familie hier in deze streken. Maar men vermolmt van binnenuit.

Bertil van Nybränna had zijn haar nog, het was nog niet eens helemaal wit. En de tanden die hij ontblootte toen hij om zijn eigen woorden over de innerlijke vermolming lachte, leken nog zijn eigen tanden te zijn. Maar zijn ogen waren diep weggezonken in plooien en rimpels, zijn strottenhoofd was aan de voorkant groter geworden, zodat het als steun voor zijn bevende kin kon dienen. En toen hij probeerde zijn korte, kromme pijp aan te steken, mislukte dat een paar keer doordat zijn hoofd zo schudde.

Trek het je niet aan dat ik mijn hoofd schud, zei hij, dat doe ik al m'n hele leven, zo is het bestaan nu eenmaal.

De helling strekte zich voor hen uit, een paar jaar geleden kaalgeslagen, maar nu bedekt met lichtgroen jong geboomte, ratelpopulieren en berken en wilgen. In de verte bij de bosrand waren stukjes van de grijze plaatijzeren daken van Ytterbäck te zien. Achter het bos, diep onder hen, was de Avaplas zichtbaar met al zijn inhammen en eilandjes. Het bos aan de andere kant van het meer was diepblauw en leek te trillen in het zonlicht, het was onmogelijk te zien waar de sparrenaanplant van het staatsbos eindigde en de hemel begon.

Jij bent nooit naar mijn bijeenkomsten gekomen, zei Olof Helmersson.

Nee, waarachtig niet! Eén keer had hij bij de kapel in Neder-Avabäck een blik naar binnen geworpen, de mensen zaten al in de banken te wachten tot de bijeenkomst zou beginnen. De Holmgrens en Gideon en Torvald en Jakobs Gerda en de Stenlunds, misschien ook Isabella, allemaal ja, heel dat wonderbaarlijke geslacht, al die mensen daar, ook die van de Linushoeve niet te vergeten, hij had alleen maar een haastige blik op heel die jammerlijke bende geworpen en was vervolgens weggerend alsof de dood hem op de hielen zat.

Je bent heel wat goeie preken misgelopen, zei Olof Helmersson.

God nog toe! Die preken kende hij van buiten zonder dat hij ze gehoord had! Jezus Christus de verlosser van de wereld en de slavernij onder de zonde en het water des eeuwigen levens en het laatste oordeel en Gods engelen die opstijgen en neerdalen en de zeven gemeenten die hun eerste liefde hadden verlaten maar toch de kroon des levens zouden verwerven. De lamme niet te vergeten, die opstaat en zijn bed opneemt en wandelt. En de zee die de doden terug zal geven, al hebben ze duizenden jaren op de zeebodem gelegen. Die weerzinwekkende preken kende hij al vanaf de kleuterschool.

En hij voegde eraan toe: door alle jaren van zijn kindertijd heen had hij de godsvrucht van zijn ouders met afschuw en schaamte aanschouwd. De godsvrucht van heel die onoverzichtelijke familie trouwens. Met verdriet en beklemming had hij naar de rede en de intelligentie gespeurd die toch in de genen zaten.

Zo was het ook gekomen dat hij met dat hoofdschudden begonnen was.

Je hebt volkomen gelijk dat je dat hebt gedaan, zei Olof Helmersson. Hijzelf schudde tegenwoordig ook zijn hoofd, al was het dan figuurlijk.

Fantasieën en vruchten van de verbeelding, zei Bertil van Nybränna. Ongerijmdheden, vervalsingen, hysterie,

95

misvattingen, bedrog. Ieder denkend mens heeft de heilige plicht om alle bijgeloof van de wereld uit te roeien! zei hij.

Ja, beaamde Olof Helmersson, daar zeg je een waar woord.

En ik werkte immers in het bos, zei Bertil van Nybränna. In het bos bestaat geen geest, alleen materie.

Maar men zegt, zei Olof Helmersson met een licht schudden van zijn hoofd, dat je desondanks de preekstoel van Neder-Avabäck onder je hoede hebt genomen.

Ja, dat had hij inderdaad gedaan.

Nu was het dus zo dat er bij hem, Olof Helmersson, een onbedwingbare behoefte opgekomen was om dat oude vierkante houten geval dat ooit in een ver verleden, voor zijn tijd, door Olof Lindgren van Kvarnåsen was gemaakt, nog eens terug te zien. Dode voorwerpen kunnen onder bepaalde omstandigheden door de spiritualiteit worden aangetast en besmet, ze treden in verbinding met onze zielen. Dan moeten wij ons vrijmaken. Daarom wilde hij die preekstoel nog eens zien, zodat hij de gelegenheid kreeg om hem te verloochenen en te verwerpen, en in het uiterste geval zelfs te vervloeken.

Uiteraard, zei Bertil van Nybränna. Eerlijk gezegd deed het hem zelfs veel plezier om de verzameling preekstoelen die hij bijeengebracht had te kunnen laten zien.

En met de steel van zijn pijp wees hij de weg die ze moesten nemen, schuin omhoog over de helling, langs de gereedschapsschuur en de houtschuur.

Daar op de aangestampte rand van de akker stonden de preekstoelen keurig opgesteld, de zeven die aan de

kapellen hadden toebehoord en de vier draagbare voor
bijeenkomsten buitenshuis en in tenten. In het midden, iets hoger dan de andere, stond de preekstoel van
Neder-Avabäck, het enige woord JEZUS in bronstinctuur
was nog leesbaar. En samen konden Olof Helmersson
en Bertil van Nybränna ook de andere identificeren en
plaatsen: Vormträsk en Kattisberg en Åmliden en Lillholmträsk en Lillsjöliden en Morken. Ze duidden ook de
fragmenten van lettertekens die nog te onderscheiden
waren

JOH. 3:16

CHRISTUS LEEFT

ZIET GODS LAM

ZOEKT GODS RIJK

Enzovoort.

Ik heb ze wel een beetje moeten verbouwen, zei Bertil
van Nybränna.

In de tijd dat hij zich afgebeeld had als bosarbeider
lagen er vaak boeken in de schaftketen, God mag weten
hoe die daar gekomen waren. *Geheim van de liefde* door
Mathilda Roos. *Nacht van de vampiers. Zo wil de vrouw
worden bemind. Dolle pret, zei Janus Wegman. Overlevings-
handboek voor bosarbeiders.*

Daar, in een keet bij Lossmen, in het staatsbosgebied
dus, had hij *De kastenbouwer* van Alexander Lundgren
gevonden. Dat boek had zijn leven een nieuwe richting
gegeven.

De preekstoelen waren op bokken opgesteld, twee de-
cimeter boven de grond. In de lucht erboven kwetterde
een zwerm koolmezen.

Even later waren ze wat verder de akker op gaan staan,
van daaraf zagen ze de preekstoelen als het ware van de
kant van de predikant.

Ja, Bertil van Nybränna had ze verbouwd.

Toen ik dat boek las, *De kastenbouwer* door Alexander
Lundgren, toen begreep ik onmiddellijk dat er in onze
omgeving al bijenkasten bestonden, zei hij, het was alleen nog een kwestie van inrichten en gereedmaken.

En de tijd was er ook rijp voor, zei hij nadrukkelijk.
Niemand had nog behoefte aan christendom en preken.

De preekstoelen waren warempel echt in bijenkasten
veranderd. Elf kasten, een mooi bijenpaviljoen.

Ze vliegen flink vandaag, zei de bijenhouder. De wilgen bloeiden nog, en ook de berken en de paardebloemen en de dotterbloemen en de elzen en de gele moerasbramen. Straks zou het weer tijd zijn om de honing
te slingeren.

Drie volken in iedere kast, zei hij niet zonder trots,
drieëndertig volken dus. In het binnenland van Västerbotten is mijn bijenhof de grootste. En ook de hof met de
grootste opbrengst.

Zijn bijen waren dan ook op een bepaalde manier gezegend.

En hij verklaarde: enorme hoeveelheden spiritualiteit om niet te zeggen heiligheid hadden zich door de jaren heen in de preekstoelen afgezet, ook in het hout zelf en in het hardboard. Zijn bijen werden zonder de minste inspanning deelgenoot van het goddelijke en de mysteries. Ze waren vergeestelijkt, ze hadden een opdracht en een roeping die in alle andere bijenvolken onbekend was. Je ziet wel, riep hij, hoe ze als engelen Gods rondvliegen!

De bijen die door de vlieggaten in- en uitvlogen en rondom hun hoofden zoemden, glansden en schitterden inderdaad alsof ze verguld waren.

Uit het binnenste van de voormalige preekstoelen haalden ze ook een kracht die in de gangbare bijenteelt onbekend was, vervolgde hij. Zijn bijen vonden honing waar gewone bijen voor niets kwamen, ze kwamen nooit met lege handen naar de korf terug. Hij had ze zelfs nectar zien zuigen uit trossen lijsterbessen en morieljes!

Zijn honing was daarbij de meest aromatische die er te krijgen was. Aan de wand van zijn keuken had hij een ansichtkaart van een van de dominees van Umeå. Uw honing heeft een geur van sacrament, stond erop.

Morieljehoning? mompelde Olof Helmersson en hij beproefde het woord.

En je moet weten, zei de bijenhouder ter afsluiting, dat ze zich vermenigvuldigen via maagdelijke voortplanting.

Je zegt niets, zei hij tegen Olof Helmersson toen ze weer bij het trapje voor zijn huisdeur stonden. Hij meende toch te hebben gemerkt, beweerde hij, dat zich in het innerlijk van de opwekkingsprediker iets afspeelde toen hij zijn oude preekstoelen terugzag.

Je zou dankbaar moeten zijn, zei hij, dat iemand het erfgoed van de opwekkingsbeweging beheert.

Olof Helmersson had zijn handen al aan het stuur van zijn fiets, het potje honing dat hij als afscheidscadeau had gekregen had hij in de zak van zijn colbert laten glijden.

Wat hij van binnen had gedacht of gezegd, verklaarde hij, dat ging niemand iets aan, hij sprak tegenwoordig nooit over zulke dingen, het was iets tussen hem en de niet-bestaande God.

Die avond at hij honing samen met Asta en Ivar. De honing smaakte als alle andere. Na de derde lepel ging de smaak hem tegenstaan.

Terwijl ze nadenkend hun lepels aflikten vroeg Ivar of hij alweer een beetje gewend was, of hij zich op den duur misschien zelfs niet weer thuis zou kunnen voelen in het predikantenbed. Je hebt het toch goed hier, zei hij. Het is nodig dat er mensen hiernaartoe verhuizen en hier blijven. De ontvolking is een ontzettende bedreiging voor de streek.

Bovendien kon Gerda haar sterven niet tot in het oneindige rekken. En het was nodig dat Asta iets te doen had, ze kon niet tegen werkloosheid. Gideon was in zijn blindheid te gemakkelijk te verzorgen, Asta had iemand nodig die werkelijke zorg vereiste. Er heerste ook een wijdverspreide onkunde over wat een sterke, handige vrouw via de gemeentelijke thuiszorg kon doen voor een min of meer hulpeloze oudere. Ze kon tot aan het eind toe zijn pyjama en beddengoed wassen, zijn rug schrobben en borstelen, zijn teennagels knippen, hem kammen wanneer er iets te kammen viel, pijnlijke benen masseren, gebarsten lippen met vaseline insmeren. Ook kon ze in de eindfase de onbeweeglijke, ingesluimerde voeren. Tegen het onvermijdelijke was de gemeentelijke thuiszorg het enige wat tot op zekere hoogte hielp.

Maar Olof Helmersson wees al dat soort denkbeelden van de hand. Weliswaar was hij onherroepelijk en voor altijd met deze streek verbonden, en zijn vertrouwen in Asta's kunsten was diep en onvertroebeld, maar hij was slechts gekomen om één ding te doen, zodra dat gedaan was wilde hij per bus en trein terugkeren naar de kust. Hij had, zei hij, een appartement op de tiende verdieping, vanwaar hij uitzicht had op de zee. Hij moest toegeven dat datgene waarvoor hij hier gekomen was de laatste dagen in zekere zin onduidelijker was geworden, ja, dat hij af en toe zelfs had getwijfeld of het werkelijk bestond, maar alles zou spoedig helder worden. Hij moest zich in ieder geval zuiver formeel ontdoen van de leugens en het bedrog van zijn jonge jaren.

Ook als het niemand meer iets leek te kunnen schelen.

Wanneer hij rust in zijn ziel had gevonden, zou hij zijn fiets weer inklappen en bij de splitsing in de weg op de bus naar Lycksele stappen.

Gerda zegt dat je iedere dag of om de twee dagen bij haar moet komen, zei Asta.

Ja, ook Gerda moest van haar bijgeloof worden bevrijd en tot inzicht en klaarheid worden gebracht. Zij hoorde bij datgene waar hij voor gekomen was. Maar hij wilde behoedzaam te werk gaan met haar, zei hij. Hij moest de tijd nemen die ervoor nodig was. Eerst zou hij haar voorbereiden en haar ontvankelijker maken. Hij moest opnieuw haar volkomen en ongedeelde vertrouwen winnen voordat hij het haar vertelde. Dat zij ongelukkigerwijs haar leven op een leugen had gebouwd.

N u had hij geleerd waar de fijnste neerwaartse hellin-
gen waren, welke plekken geschikt waren om even
pauze te houden en welke heuvels zo veel weerstand bo-
den dat de fiets aan de hand moest worden genomen. Ja,
hij maakte een gewoonte van sommige zaken. Een kop
water uit Avabäcken. Kristina's tuinbank bij de Linushoeve. Een pretentieloos gesprekje met de Stockholmer
over het weer. Een paar suikerklontjes om in zijn mond
te laten smelten terwijl hij bij de wegsplitsing naar Inreliden op adem kwam. Een praatje met de plaatselijke
redacteur in de slaapkamer van de Holmgrens. Jij komt
overal op die fiets, kun je niet eens wat nieuws voor me
opduikelen? zei de plaatselijke redacteur.

Nieuws? zei Olof Helmersson. Nieuws? Nee, ik zou
niet weten wat.

Daarna ook nog een minuut of wat vluchtig het laatst
geschrevene doornemen, dat als het ware bij toeval voor
hem werd neergelegd:

Toen de zilveren flacon van de koning leeggedronken
was en Linus en de verdere bewoners van het huis en

Zijne Majesteit gerstepap hadden gegeten met verse vossenbessenjam en een paar scheutjes melk, nog lauwwarm van de koe, sprak men nog een poosje met elkaar over de schitterende toekomst die de Avaplas en het Långven en de Avaberg en Inreliden met omstreken en uithoeken te wachten stond. Het was onmogelijk om niet met liefde, met hartstochtelijke toewijding zelfs, dit godvergeten en onbegrijpelijk schone landschap in het hart te sluiten en uit naam van Christus met uitgespreide handen de akkers, de volle uiers en de heerlijke sloten ervan te zegenen.

Linus sprak het avondgebed uit, het gebed over de vruchtbaarheid der aarde. Almachtige God, barmhartige Vader, sprak Linus, Gij die om Uw goedheid het land vult met allerlei vruchten, dewelke mensen en dieren tot voeding strekken! Wij bidden U, zegen in genade ons geliefde vaderland met korrels zaad en graan!

En hij vervolgde: Schenk ons mooi weer in onze dagen, lieve Heer, weer dat nuttig is voor het kiemen van het zaad en voor Sköna en Pärla en voor de kippen die Anton Lundberg heeft beloofd aan mij te zullen verkopen. Behoed de aarde voor allerhande verderf. Kroon het jaar met Uw goedheid. Verschoon ons, o God, van onvruchtbare jaren en honger. En zegen onze geliefde koning, heel zijn huis en maagschap, verleen Uw hulp aan het bestieren en verdedigen van het rijk en zegen de rijksdag. Amen.

Blijkbaar wilde de ontroerde koning het innige gebed beantwoorden. Hij schraapte langdurig en luidruchtig zijn keel en verzocht vervolgens als dankzegging uit zijn overvolle gemoed een dichtwerk te mogen voordragen dat hij verscheidene jaren eerder had gemaakt en opgeschreven:

> *O, bloemenveld! O, groene populieren,*
> *verborgen nog in 's levens prille purperen knoppen!*
> *O, zilveren bronnen aan de rand waarvan ik*
> *de snelle stonden van mijn kindertijd verdroomde!*
> *O, tijd van liefde, hoop, geloof en wonderen,*
> *Ruimschoots begoten uit de vruchtenhoorn der*
> *vreugde!*
> *Wijl ik, vergetende dat alles slechts een droom was,*
> *ontwaakte eerst door donderslagen van het lot.*
> *Wie was zij, de godin die uit de nectarbron mij*
> *te drinken gaf? Haar kleed door sneeuw beschenen,*
> *haar hoofdtooi fraai met leliën doorweven.*
> *Ween, mijn theorbe! Nu Astrea is verdwenen,*
> *vind ik eerst troost wanneer ik in mijn armen*
> *verzaligd en verzoend, de kuise bruid hervind.*

De vrouwen weenden van ontroering, niet alleen Linus' vrouw en dochter, maar ook de meid en het keukenhulpje Anna Olofsdotter, die door de voogdijraad bij Linus in huis was geplaatst. Ze dachten werkelijk dat Zijne Majesteit het gedicht zelf geschreven had. Zijn declamatie was, mild uitgedrukt, overtuigend geweest.

Wie was Astrea? snikte Linus' vrouw, tot haar man gewend.

Zij was de eerste vrouw in zijn leven, fluisterde Linus.

Ook Karel de Vijftiende dacht dat hij het had geschreven. Hij was er vast van overtuigd dat hij de schepper was van het grootste deel van de verzamelde werken van Erik Johan Stagnelius, in de eerste plaats van de

gedichten waarvan het hem was gelukt ze uit het hoofd
te leren.

Toen was het tijd voor een paar uur slaap, tot de koei-
en in de ochtend gemolken moesten worden. Die nacht
slaagde de koning erin in drie verschillende bedden te
slapen. Welke is onzeker gebleven. Voor de historie van
de streek heeft dat ook geen enkele betekenis.

Voordat Olof Helmersson Gerda's kamerdeur opendeed,
trok hij eerst de ketting van wandklok in de keuken op
en zette de klok gelijk. Om te maken dat de slagen over-
eenstemden met de tijd die hij aflas van zijn polshorloge,
moest hij de klok eerst acht keer laten staan, daarna negen, tien en elf keer, en ten slotte twaalf keer, zoals het
hoorde.

Ik geloof dat ik een openbaring heb gehad, zei Gerda
toen hij haar kamer binnentrad. Ik meende dat ik de
klok hoorde slaan, ik ben de tel kwijtgeraakt, hij sloeg
een ontelbaar aantal keren. Het was een teken en een
gelijkenis.

Asta, die zojuist bij haar was geweest, had de krultang
bij zich gehad. Een paar slierten van het dunne, witte
haar waren samengesnoerd en tot een zachte ronde lok
gekruld die op het hoge, gladde voorhoofd lag, hij eindigde in een stijf opgerold lusje bij de neuswortel. Olof
Helmersson bekeek de haarlok.

Ja, zei hij, je bent altijd een mooie vrouw geweest,
Gerda.

Maar haar gedachten vertoefden nog bij het slaan van
de klok dat ze had menen te horen. Het was een beschrij-
ving van haar leven geweest, ja van het leven überhaupt,
de uren en de klokslagen waren omgevlogen en straks

was alles voorbij, niemand kon de tijd in het gareel houden of tellen. Dat ze zich geen zorgen hoefde te maken, dat was wat de Heer had gewild dat ze zou gewaarworden toen Hij de klok al die slagen voor haar liet slaan.

Op vele manieren, zei ze, is mijn leven misschien armoedig en ellendig geweest. Maar Inreliden is de mooiste plek op aarde. En edeler mensen dan hier in de omgeving kun je je niet voorstellen. Het is me vergund geweest onder een vorstelijk volk te leven, zei ze.

Wanneer ze haar ogen sloot om tussen de woorden wat uit te rusten leek het af en toe alsof ze in slaap zou vallen. Maar ze was net zo wakker als ze in al haar levensdagen was geweest, en ze had verbazingwekkend veel te zeggen.

Dat was de zin van alles, zei ze. Al die tijd heeft het zin gehad. En het bloed dat binnenkort in haar eigen aderen zou stollen, ook dat was vorstelijk.

En om de een of andere reden kwam Olof Helmersson er niet toe haar erop te wijzen dat er geen zin bestond.

Soms, gaf ze toe, was het wel moeilijk geweest om ergens de zin van in te zien. Toen Jakob dat verschrikkelijke ongeluk had gekregen waarbij hij gestorven was, met de lier van de stobbelichter die in zijn borstkas sloeg. Zij stond destijds op het trapje voor het huis en was er getuige van geweest, opdat ze nooit zou hoeven twijfelen. En die keer dat de Vader in zijn liefde de engel van de difterie had gestuurd en haar dochtertje naar huis had gehaald! Nee, alle keren afzonderlijk was het niet zo eenvoudig geweest om onmiddellijk de zin ergens van in te zien. De zin kan soms hartverscheurend en vreselijk zijn. Maar het goede van de zin is dat hij ondanks alles ergens de zin van is.

Wil je een paar druppels water, Gerda? zei Olof Helmersson. Of een pijnstiller?

Nee. Ze had op dat moment niets speciaals nodig. Ze had het zo goed als een mens het maar kan hebben.

Een van de binnenramen was vervangen door een hor met muggengaas. Hij stond op om het buitenraam open te doen, zodat de zoele lucht bij hen naar binnen stroomde. Dat kun je vast wel gebruiken, zei hij. Zo kun je de vogeltjes horen. Dat verstrooit de gedachten.

Maar ze wilde niet dat haar gedachten werden verstrooid.

En later kwam jij immers, Olof Helmersson, en toen begreep ik alles meteen, vervolgde ze. De zin ervan was de hele tijd geweest dat ik tot bekering en verlossing zou worden gebracht. Jakob en mijn dochtertje en al het andere dat ik heb moeten offeren. Het kost tijd om de beraadslagingen van God te doorgronden.

Ik bid voortdurend voor je, Olof Helmersson, zei ze nu. Voor jou en je werk. 's Morgens en 's middags. Al die achtenveertig jaar heb ik voor je gebeden.

Dat hoef je echt niet te doen, zei hij afwerend. Dat is volkomen onnodig.

Ja, dat wist ze. Hij stond zo dicht bij Jezus Christus, hij redde zich natuurlijk toch wel. Maar voor de zekerheid.

En hij hoefde zich niet te verbeelden dat het iets bijzonders was dat zij hem altijd in haar gebeden gedacht. Nee, ze bad voor iedereen, voor iemand die zoals zij in stilte op sterven lag, gaf dat toch wat afleiding. Ze noemde mensen bij hun naam en somde ze op voor de Schepper, opdat Hij geen van hen zou vergeten: Gideon en Torvald en Ivar en Asta en Östen Lindblom en de Lundbergs in Kvavisträsk en de Björks in Långmyrliden en Marita van Isabella Stenlund en alle Brännströms van Lillholmträsk en Karl Lundholm van wie Asta zei dat hij binnenkort dood zou zijn en Eskil Holm wiens maagzweer genezen was door hem, Olof Helmersson.

Al opsommend maakte ze één kleine opmerking tussendoor: Maar zodra ze doodgaan, hou ik op met voor ze te bidden. Voor de doden bidden is verboden.

Daarop vervolgde ze: Elmer Vikström en die jongen van Dalberg die altijd de postauto reed in de tijd dat die hier nog kwam en Eva Tjärnström en alle Lindgrens, hoe meer nakroost er kwam hoe moeilijker het werd, en Stefan Enkvist en die muzikanten en schrijvers en schilders die in de verstrooiing moesten leven en het hele huis van de Lundmarks in Granliden.

En anderen. Amen.

Marita van Isabella Stenlund? zei Olof Helmersson.

Ja, zei Gerda. Haar noem ik meestal het eerst van allemaal.

Wie is dat dan? vroeg Olof Helmersson. Die kan ik me niet herinneren.

Nee, natuurlijk niet, merkte Gerda op, degenen die in zijn tijd nog niet geboren waren kon hij zich uiteraard niet herinneren; en dat Isabella in eenzaamheid en verlatenheid een dochter had gekregen was nu eenmaal geen nieuwtje dat door het hele land was verspreid. Zij, Gerda, was ook de enige die erbij geweest was, ze had vuur gemaakt en het nodige water verwarmd en de navelstreng doorgeknipt en de eerste zegening over de pasgeborene uitgesproken en het zweet van Isabella's voorhoofd geveegd. En ze had bloedbrood gemaakt, zodat Isabella haar krachten zou herwinnen. Al zevenenveertig jaar hadden ze nu een band met elkaar, zij en Marita, verenigd door het geloof en de teruggetrokkenheid en de verwantschap. Na het heengaan van Isabella hadden zij met z'n beiden alleen aan het graf gestaan, de oude Stenlunds waren immers allang dood. En aan het kleinste tafeltje in de alkoof van Café Runan hadden ze na de begrafenis koffiegedronken en een puddingbroodje gegeten.

Wij tweeën zijn de gemeente, zei Gerda, ik en Marita, Marita van Isabella.

Alle anderen waren gestorven of afvallig geworden, wat vanuit het oogpunt van de gemeente als hetzelfde moest worden beschouwd.

Maar je bidt ook voor de afvalligen, constateerde Olof Helmersson.

Ja, zei Gerda. In zekere zin leven ze natuurlijk nog wel.

En de vraag was: ontkwamen ze er eigenlijk wel aan kinderen van God te zijn? Waren ze niet voor eeuwig getekend, de mensen die ooit bekeerd waren geweest? Afvalligheid was eigenlijk het best te vergelijken met een slopende ziekte, de eerste twijfels merkte je nauwelijks op, maar later kwamen de smartelijke aanvallen van onzekerheid en besluiteloosheid en ten slotte lag je daar overwonnen en restten je nog slechts de verwerping en het afzweren. Maar ook in het afstand nemen en afzweren waren toch zeker nog resten van God of ten minste van iets goddelijks aanwezig. Waarschijnlijk maakt vooral dat laatste de last van het afvallig-zijn zo ontstellend zwaar.

Je mag je niet te veel inspannen, Gerda, zei Olof Helmersson. Je mag je laatste krachten niet verbruiken of verspillen aan onnodig zware en moeizame en ingewikkelde gedachten. Wil je ondanks alles niet toch een slokje drinken?

Hij moest zich geen zorgen maken, zei ze. Ik denk en adem en spreek met het piezeltje lucht dat ik nog binnen kan krijgen.

Maar een half glas water mocht ze zichzelf wel toestaan.

Nadat ze haar water met kleine, voorzichtige teugjes had opgedronken, zei ze: Dat is de reden dat ik hen altijd in mijn voorbeden gedenk. Mijn innigste wens is dat ik de afschuwelijke kwellingen van de afvalligen zal kunnen verzachten.

Hoor eens! riep hij en hij wees naar het open raam. Is dat niet een leeuwerik?

Ja, dat is de leeuwerik. Die zit hier al sinds Jakobs tijd.

Ja, legde ze tussen haar korte ademhalingen door uit, de leeuwerik was het laatste huisdier van de boerderij, dit meer dan zestig jaar oude vogelwijfje was een zinnebeeld van volharding en trouw. Je moest met dankbaarheid naar haar luisteren. De zang van de leeuwerik ging over de Genade in een tijd van verval. Gerda loofde de Vader dat zij de laatste jaren bedlegerig was geweest en niet meer buiten hoefde te komen, waar ze de rest van de wereld en de materie zag vervluchtigen en verstrooid zag worden. Op haar sterfbed liggen en de huisleeuwerik horen zingen, beter kan een mens het niet hebben. Wanneer je zo goed als onbeweeglijk in bed ligt, is alles bestendig, zei ze.

Bij de Linushoeve zat de leeuwerik ook, een andere leeuwerik natuurlijk, zei Olof Helmersson, ik heb haar gezien en gehoord.

En hij voegde eraan toe: Die heb je trouwens niet opgenoemd in het rijtje. De mensen van de Linushoeve.

Nee, ze had hem immers alleen maar een paar voorbeelden gegeven, hij die nog fit was en door de wereld trok. En hij kende immers velen van hen, de meesten had hij bekeerd. Maar uiteraard bad ze ook voor de mensen van de Linushoeve. Zij en Kristina waren naaste familieleden, hun overgrootmoeders, misschien hun grootmoeders ook wel, waren nichten van elkaar geweest. Ze bad dan ook in de eerste plaats voor haar, maar in zekere mate ook voor de Stockholmer.

Eergisteren, zei Olof Helmersson, zaaide Kristina

haar tuin in. Vanochtend al waren de zaden gekiemd en de plantjes waren al bijna duimshoog. Ik heb even pauze gehouden op Kristina's tuinbank. Het is verbazingwekkend.

Welnee, over die vruchtbaarheid hoefde je je helemaal niet te verbazen. Wij hebben altijd dicht bij de gewassen gestaan, zei Gerda, de vruchtbaarheid heeft ons door alle tijden heen vergezeld.

Indien alleen de wetten der natuur golden, dat wilde ze er wel graag nog even bij zeggen, dan zouden er zelfs nauwelijks korstmossen of andere mossen ontspruiten tussen alle steenslag en grind hier in de omgeving. Dat was de manier waarop de zegening tot uiting kwam in de plantenwereld.

Ten slotte, nadat ze een poosje had gerust en met vooruitgestoken onderlip had geprobeerd de spiraalvormige haarlok een stukje opzij te blazen, kwam ze met de eerste van de vragen die haar in de achtenveertig jaar dat hij helaas aan de kust had verbleven van binnen hadden gekweld: hoe zou ze zekerheid kunnen verkrijgen omtrent de opstanding en het eeuwige leven?

Toen zweeg Olof Helmersson. Hij schraapte niet eens zijn keel, zijn gezicht was onbewogen, hij deed geen enkele poging ook maar iets te zeggen. Hij zat alleen maar stilletjes op zijn stoel naar haar te kijken.

Ze sloot haar ogen, het was haar aan te zien dat ze op zijn antwoord wachtte, ze was bereid alles wat hij te zeggen had te accepteren. Haar lippen bewogen zwakjes, zo nu en dan leek het alsof ze glimlachte, nadenkend en enigszins vergenoegd.

Eindelijk, toen de wandklok in de keuken nog een keer had geslagen en hij een paar keer had moeten gaan verzitten omdat de spijlen van de houten stoelrug tegen zijn ribben drukten, draaide ze haar hoofd naar hem toe, opende haar ogen en keek hem aan. Nu was er geen twijfel meer mogelijk: ze glimlachte. Je zult nooit begrijpen, zei ze, hoe grenzeloos goed het is om je dit te horen zeggen, wat een balsem het is voor de geest.

Ik? zei Olof Helmersson.

Je zegt precies datgene waar ik behoefte aan heb, ik zal nooit vergeten wat je daarnet zei.

De glimlach op haar gezicht was werkelijk onmiskenbaar, en ze gaf een samenvatting van het onderricht dat ze zojuist van hem te horen had gekregen: de waarheid omtrent het eeuwige leven krijgen wij bij Jezus Christus zelf. Hij spreekt die uit bij Johannes. Wie mijn woord hoort en Hem gelooft die Mij gezonden heeft, heeft eeuwig leven. En komt niet in het oordeel. Wie mijn vlees eet en mijn bloed drinkt, zal opstaan ten jongsten dage. Evenzo zal wie gedronken heeft van het water dat ik hem zal geven, geen dorst krijgen in eeuwigheid, het zal in hem worden tot een fontein van water dat springt ten eeuwigen leven. En Paulus zegt tot de Korinthiërs dat wat in vergankelijkheid wordt gezaaid, wordt opgewekt in onvergankelijkheid en wat in oneer wordt gezaaid, wordt opgewekt in heerlijkheid. Wij zijn aards geweest, maar zullen hemels worden.

En het enige wat Olof Helmersson kon uitbrengen was: Ja, ja. Ja, ja.

Alleen zei jij het natuurlijk nog mooier, merkte Gerda op.

De zang van de leeuwerik duurde nog steeds voort,

het zonlicht door het raam aan de zuidkant had de ladenkast bereikt.

Ik geloof, zei Olof Helmersson, dat Asta met het eten zit te wachten. Ze zou een haas braden die ze in de diepvries had gevonden.

Ik wil een zo kortstondig mogelijke dood, zei Gerda. Ik verlang nu al naar de opstanding.

Word je niet moe van dat rondrijden? vroeg Ivar. En lukt het een beetje met wat je te doen hebt?

Moeilijk te zeggen, zei Olof Helmersson, terwijl hij op een van de hazebouten zoog. Maar ik voel me met de dag sterker. Ik word harder.

En hij vroeg, nu het moment zich ervoor leek te lenen, of het mogelijk was de bollende, al te zachte en in zekere zin historische peluw in het predikantenbed om te ruilen voor een harde, stevige matras. Sommige spieren van zijn lichaam waren bezig zich te herstellen, hij wilde dat ook zijn nachtrust zou worden gekenmerkt door dit nieuwe, gezonde leven en het begin van nieuw vlees dat zich daardoor onverwachts bij hem scheen te zullen ontwikkelen.

Jarenlang, zei hij, heb ik alleen maar op de tiende verdieping in Umeå stil zitten kijken of ik de zee misschien kon zien.

Bij een latere gelegenheid vroeg Gerda naar de liefde van God. Wat was dat voor een liefde? Dat ze zich op God kon verlaten, dat wist ze. Maar op de liefde? Het was nu eenmaal algemeen bekend hoe onberekenbaar en onstandvastig de liefde kon zijn.

En nogmaals had hij stom en mogelijk besluiteloos aan haar bed gezeten, een paar keer had hij aanstalten gemaakt om eindelijk iets te zeggen, maar er was geen geluid over zijn lippen gekomen. Zij had haar ogen gesloten en het had geleken of ze aandachtig luisterde, ze had haar ene hand zelfs achter haar oor gelegd, en haar gezicht was langzaam opgelicht door de informatie en de klaarheid die haar werden gegeven. Naderhand kon ze ook nog navertellen wat hij ondanks zijn zwijgen scheen te hebben gezegd, sommige gedeelten zelfs woordelijk.

Hij had het ongerijmde en innerlijk tegenstrijdige van haar vraag gehekeld, in de kern van die vraag lag een dodelijke twijfel verborgen. Beide begrippen, aan de ene kant God, aan de andere kant de liefde, mochten nimmer afzonderlijk worden beschouwd of behandeld, God is liefde en de liefde is God. Hij is lankmoedig en goedertieren, Hij is niet afgunstig, Hij praalt niet, Hij zoekt zichzelf niet en rekent het kwade niet toe. God verblijdt zich in de waarheid, Hij bedekt alle dingen, hoopt alle dingen en verdraagt alle dingen. Hij vergaat nimmermeer. De eer en de macht komen toe aan de liefde. Mijn liefde, mijn liefde, waarom hebt ge mij verlaten! Al wie de naam van de Liefde aanroept, zal behouden worden.

En tranen hadden haar wangen bevochtigd toen ze bedankte voor alles wat hij had gezegd, hij had haar, op dat moment tenminste, een gevoel van geborgenheid teruggegeven dat ze achtenveertig jaar lang niet had gekend.

Die middag ging hij naar Avaberg, naar Gideon van Avaberg. Asta had gezegd dat ze laat zouden eten, Ivar had iets te doen in Lycksele, hij zou de hele dag wegblijven. Er was iets met de muziekinstallatie in zijn auto, straks in de herfst wilde hij er niet met zijn jachtvrienden op uitgaan zonder muziek.

Op Olof Helmerssons bagagedrager zat het cadeau van Torvald. Hij had Gerda erover verteld: Ik geloof dat Torvald speciaal voor Gideon een kunstwerk heeft bedacht. Gerda kon het zich best voorstellen. Zo zijn wij altijd geweest, zei ze.

Gideon zat aan de keukentafel, net als de vorige keer. Deze keer luisterde hij niet naar een vertelling maar naar muziek, een groot orkest speelde iets wat Sibelius zou kunnen zijn. Hij zette het apparaat uit en zei: Nu herken ik je aan je tred, Olof Helmersson.

En jij zit hier alsof je je al dagenlang niet hebt verroerd, zei Olof Helmersson.

O nee, zei Gideon, hij had zich wel verroerd, hij had ondanks alles twee bezigheden, deels dat zitten op een stoel aan de keukentafel, deels ook het liggen op zijn rug in de slaapkamer. Hij verroerde zich dus zowel 's avonds als 's morgens.

Eigenlijk, zei Olof Helmersson, had ik besloten dat ik je niet meer zou opzoeken. Jouw manier van leven heeft voor mij een sterke bekoring. Maar ik heb ondanks alles dingen te doen.

Ja, gaf Gideon toe, hij wist dat zijn bestaan in zekere zin exemplarisch was. Zijn dagen werden gekenmerkt door een gezuiverde eenvoud, zijn nachten trouwens ook. Hij was tegenwoordig nooit meer overgeleverd aan gevoelsstormen, het soort innerlijke bevingen en erupties die zijn leven als jongen en als man hadden gekenmerkt, hij kon zich met de beste wil van de wereld niet herinneren wanneer hij voor het laatst gelachen of gehuild had. Niets kon hem aangrijpen of ontroeren, hartstochten noch tijdelijke stemmingen, de afwezigheid van een duidelijke levenstaak gaf hem een bijna onbegrensde persoonlijke vrijheid.

Ik zei al, zei Olof Helmersson, eigenlijk was ik van plan je met rust te laten. Het bestaan zelf heeft mijn opdracht wat jou betreft immers al vervuld. Maar Torvald heeft me gevraagd je een cadeau te overhandigen.

En hij legde het in een krant verpakte voorwerp voor Gideon op tafel.

Torvald? zei Gideon. Ja, die blijft ook maar leven.

Hij boog zich over het langwerpige pak, greep het met beide handen vast en tilde het op alsof hij het in zijn blindheid kon zien. Zo bleef hij lange tijd zitten. Ten slotte zei hij: Ja, die lucht herken ik. Sjonge, dat iets toch zo geweldig lekker kan ruiken!

Hij drukte zijn neus tegen het krantenpapier en snoof begeerlijk de geur ervan op, even later toen hij zijn hoofd ophief waren er bij zijn kin en oogleden kleine spiertrekkingen zichtbaar en zijn onderlip trilde licht.

Er is niets ter wereld wat zo ruikt als Noord-Västerbotten, zei hij.

En hij moest met zijn hand het vocht van zijn wangen vegen.

Daarop herstelde hij zich, hij bracht het pak naar zijn mond en met een krachtige beweging van zijn kaak beet hij het grove henneptouw door en haalde het cadeau tevoorschijn.

Ja, het was een kunstvoorwerp, gesneden uit een stuk grenenhout en vermoedelijk bestreken met lijnolie. Het hout had dezelfde diepe, okerkleurige glans als de huid van Gideons handen.

Gideons brede vingertoppen onderzochten het beeld van onder tot boven, van de ronde, zwak gewelfde sokkel tot aan de stevige haarwrong, de bewegingen van zijn vingers leken onderzoekend of controlerend en tegelijkertijd teder strelend.

Ja, zei Olof Helmersson, hij is echt een groot kunstenaar geworden, Torvald.

Gideon herhaalde zijn tastende onderzoek, deze keer van boven naar onder, soms onderbrak hij het even om een paar ogenblikken te dralen bij een of ander detail, een schouder of oksel, het gezicht, het kuiltje tussen de sleutelbeenderen, een tepel, de navel die ietwat scheef was, de knieschijven.

Hij zei een hele poos niets. En nu stroomden de tranen over zijn gezicht zonder dat hij enige moeite deed om ze te drogen.

Maar ten slotte zei hij: De klootzak! De klootzak!

Een hele poos later richtte hij zich op en zijn gelaatsspieren hielden op met sidderen. En hij stelde Olof Helmersson een vraag: Jij hebt je gezichtsvermogen nog, je ziet zeker wel wie hij heeft uitgebeeld?

Helaas, moest Olof Helmersson antwoorden, ik zie alleen dat het een vrouw is, een vrouw zoals er zoveel zijn.

Komt ze uit deze streek? vroeg hij vervolgens.

Nu ja, zei Gideon, als Olof Helmersson haar niet onmiddellijk herkende wilde hij niet degene zijn die verklapte wie ze was. Ook een houten beeld heeft recht op eigen geheimen. En God weet wel dat er al meer dan genoeg roddelpraat en achterklap over deze weerloze vrouw waren verspreid, hij wilde niet degene zijn die een nog grotere smet op haar reputatie zou werpen. Hij was trouwens de enige die haar werkelijk had gekend toen ze nog leefde. Hij wist beter dan wie ook hoe engelachtig en goedhartig en onschuldig ze was. De voorbeschikte keren dat hij haar in een van de schuren op het nieuwe land van de Lindbloms had ontmoet, had ze nooit eisen aan hem gesteld, nooit gezegd dat hij zijn huwelijk of zijn ploegendienst in de Kristinebergmijn moest opgeven of dat hij naar Zuid-Zweden moest verhuizen en haar mee moest nemen, nee, ze had zich in hun gemeenschappelijke lot geschikt, dat kwam door haar vroomheid, want ook toen al, toen nog niemand van hen zich had laten bekeren, was zij vromer geweest dan wie ook in de omgeving of in de familie. Hij wenste dat zij in vrede zou rusten! Hij had nooit iets tegen iemand gezegd, ook in de toekomst zou hij niets zeggen, zelfs Torvalds kunst zou hem niet kunnen ophitsen of hem ertoe prikkelen om ook maar één lettergreep van haar naam te verraden, zijn lippen waren verzegeld.

Maar even later kwamen de krampachtige spiertrekkingen van zijn wangen en lippen terug en hij omklemde het met lijnolie bestreken vrouwenlichaam zo stevig dat zijn knokkels wit werden. En hij kwam overeind en liep op de tast door de open kamerdeur en langs de servieskast en de houtkist naar het fornuis. Hij maakte het deurtje open, greep het beeld met beide handen beet en wrikte en rukte en wrong net zo lang tot het in stukjes gebroken was, zo klein dat hij ze in de vuuropening kon steken.

Toen versprak hij zich per ongeluk. Op zijn knieën zittend voor de vrouw die hij had verbrijzeld, zei hij: Asta heeft beloofd morgen spek voor me te bakken. Dan zal ze het vuur kunnen aanmaken met Isabella Stenlund. Ja, Asta zou vast ook de aardappels kunnen koken op de hitte van Isabella Stenlund.

Was het op die dag dat Olof Helmersson Eskil Holm opzocht? Nee, dat is niet mogelijk. Weliswaar zijn de vroege zomerdagen geweldig lang en zijn er nauwelijks nachten, maar de kortste weg van Gideon naar het huis van Holm in Svanliden is bijna dertig kilometer lang, hij zou zich van de ene uiterste rand van de streek naar de andere hebben moeten begeven.

Wel zat hij op de terugweg van Avaberg en Inreliden een poosje bij Kristina en de Stockholmer.

Twee jonge mensen die elkaar liefhebben en in vrede

met elkaar leven en de grond bewerken, zei hij, dat is als een voorstelling van het paradijs.

Wat is het paradijs? zei de Stockholmer.

We wisten niet beter, zei Olof Helmersson. We dachten dat God de wereld had geschapen en de mensen in een lusthof had neergezet.

Zoals de Linushoeve hier? zei de Stockholmer.

Ongeveer, zei Olof Helmersson.

Kristina zat op haar hurken in de tuin, met een schaar oogstte ze peterselie.

Hoe liep het af? vroeg ze.

Dat wil ik niet weten, zei de Stockholmer.

De slakroppen waren al vuistgroot en de spinazie bijna oogstrijp, de dille had al zaad geschoten, de tomatenplanten bloeiden.

In minder dan een week, zei Olof Helmersson, zijn deze groenten opgeschoten. Dat moet aan de aarde liggen.

Het is een mysterie, zei de Stockholmer, die aan een van de eerste prille worteltjes knaagde.

Mysteries bestaan niet, zei Olof Helmersson. Er zijn altijd natuurlijke verklaringen.

Het ligt allemaal aan de kweker, zei Kristina, zich oprichtend, ze had een takje peterselie in haar mondhoek. Aan de kweker en aan de bemesting.

Natuurlijk, zei Olof Helmersson.

Alleen kunnen we in dit geval, vervolgde ze, misschien moeilijk onderscheid maken tussen de bemesting en de kweker.

Het ligt aan de genen, zei ze ook nog.

Je moet iedere ochtend je po leeggooien boven je moestuin, verklaarde ze. Vruchtbaarheid was het adelsmerk van de familie. Ze had haar eigen po, geen druppel mocht er verloren gaan. Dat was al generaties lang zo gegaan.

Maar de Stockholmer mag pissen waar hij wil, zei ze.

Ivar was weer thuis, het Lyckseler Auto- en Elektriciteitsbedrijf had de geluidsinstallatie in zijn auto gerepareerd. Ook had hij de nieuwe, steviger matras voor het predikantenbed gekocht. Asta moest naar Inreliden, Gerda moest worden klaargemaakt voor de nacht.

En, zei Ivar, heb je haar de waarheid gezegd?

Nog niet echt, zei Olof Helmersson. Hij wilde voorzichtig zijn, Gerda was ondanks alles wel enigszins zwak. En wie van zijn geloof moet worden bevrijd, moet altijd worden voorbereid, vooral wanneer dat geloof oud en ingeroest was. Het kan fantoompijnen achterlaten. Het was natuurlijk het beste als zij met geschikte begeleiding maar toch hoofdzakelijk uit zichzelf tot inzicht zou kunnen komen. Hij wilde haar allereerst moed en volharding inspreken voordat hij haar het avontuurlijke pad van de verloochening op stuurde.

Toen Olof Helmersson ergens in de jaren vijftig van de twintigste eeuw Eskil Holms maagzweer genas, wist hij eigenlijk niets over die ziekte. Het was alleen maar een woord voor hem, anderzijds waren woorden de substantie die zijn wereld tot aanzijn hadden gebracht. Pas later, tijdens zijn tweede bekering, de tijdrovende verandering in een godloochenaar, kreeg hij zelf last van zure oprispingen en maagcatarre en een maagzweer. Dat zei hij nu tegen Eskil Holm: Ik had geen verstand van maagzweren, had er geen ervaring mee. Ik wist niets van de krampen en de pijnen. Dat heb ik pas later allemaal geleerd.

Dat maakt niet uit, zei Eskil Holm. Die gebedsgenezing heeft toch succes gehad.

Ze zaten op de met kussens beklede schommelbank in Svanliden, bij het woonhuis van de boerderij, in de schaduw van een gebloemd zonnedak van plastic. Tussen de dennestammen voor hen glinsterde en schitterde het wervelende water van de Skellefterivier. Bij de afslag naar Jörn onder aan de heuvel was iemand met een kettingzaag aan het werk.

Ik ben hier om je om vergeving te vragen, zei Olof Helmersson. Die bijeenkomst toen in die tent in Gissträsk was één grote verlakkerij. Mijn preek, de gebeden, het spreken in tongen, de lofzang, de gebedsgenezing. Alles. Het enige wat niet door en door vals was, was de accordeon.

> **Maagzweer,** gebruikelijke naam voor zweervormingen in de maagzak (*ul'cus ventri'culi*) en de twaalfvingerige darm (*ul'cus duode'ni*). De m. ontstaat doordat een deel van de wand, gewoonlijk in de omgeving van de onderste maagopening, wordt aangetast en wegteert. Naar men aanneemt wordt dit veroorzaakt doordat de vitaliteit van het slijmvlies achteruitgaat, zodat het de inwerking van het maagsap niet verdraagt. Diverse stressfactoren spelen een grote rol bij het ontstaan van m.

Zo moet je niet praten, zei Eskil Holm. Ik heb God m'n hele leven gedankt voor die bijeenkomst in die tent.

Ik wil, zei Olof Helmersson, dat je onmiddellijk ophoudt met die dankzeggingen.

Wanneer een van hen zich bewoog of per ongeluk een voet op de zandige grond van Svanliden zette, begon de schommelbank te schommelen. Nu en dan werden de twee schuin van achter beschenen door de zon.

Je kunt mij niet verbieden de Heer te loven en te prijzen, zei Eskil Holm. Of onze verlosser aan te roepen.

En hij vervolgde uitdagend: dankzij Olof Helmersson en zijn gebedsgenezing had hij God zij geprezen zijn levenswerk kunnen volbrengen: het uitoefenen van landbouw op het bedrijf dat nu niet langer bestond, de bouw van de kapel die nu was gesloopt, de aanleg van de weg naar Kedträsk die intussen weer was afgeschaft, het opzetten van de coöperatieve winkel die er niet meer was, het grootbrengen van de kinderen die hem inmiddels in de steek hadden gelaten, dorpsoudste zijn in het dorp dat nu ontvolkt en leeg was, het oprichten van de plaatselijke afdeling van de Volkspartij die nu was opgeheven. Met trots en dankbaarheid keek hij in zijn huidige, zevenentachtigste levensjaar terug op zijn levenswerk.

Maar Olof Helmersson vertoefde nog bij de bijeenkomst in de tent in Gissträsk.

Ik was een bluffer die accordeon speelde, zei hij. Weliswaar een bluffer met een vurige uitstraling die mensen soms zelfs kon verblinden, maar evengoed een bluffer. Soms was ik helemaal in de ban van de accordeon. Ik wist niet eens waar ik mijn handen op jouw buik moest leggen. De twaalfvingerige darm en de maagopening waren me onbekend.

Je moet je licht niet onder de korenmaat zetten, Olof Helmersson, zei Eskil Holm.

Hij, de genezene, wist wel beter. Toen zijn vrouw ziek was, stervende zelfs, toen hadden ze andere gebedsgenezers opgezocht. In Lycksele en Husbondliden en Bygdsiljum. Maar tevergeefs. Geen van hen was als Olof Helmersson geweest. Die anderen hadden een pijnstillende werking gehad, meer niet.

Toen Olof Helmersson vervolgens uiteenzette wat de centrale gedachtegangen waren van de verkondiging van het ongeloof en de vrijdenkerij, maakte Eskil Holm geen enkele tegenwerping. Ja, zei hij instemmend, de Bijbel is van begin tot eind ontspanningslectuur. De wereld is niet geschapen door een almachtige Vader, het toeval heeft bepaald dat de wereld met een grote klap ontstond uit chaos en leegte. Niemand zal terugkomen om te oordelen de levenden en de doden, Onze-Lieve-Heer heeft geen unieke positie in de geschiedenis. Niemand heeft de wereld zodanig liefgehad dat hij zijn eniggeboren zoon heeft gegeven en iedereen gaat naar de verdoemenis en niemand zal het eeuwige leven hebben. Ja, je hebt gelijk, Olof Helmersson, godsdienst is van begin tot eind bedrog. Mijn huis is hier op aarde, en niet boven de wolken.

Enzovoort.

De hoofdzaak is waarschijnlijk dat je de waarheid van binnen voelt, zei Olof Helmersson.

Ja, zei Eskil Holm, ik ken de waarheid.

Maar desondanks zou hij voorzichtig vasthouden aan dat geloof van de bijeenkomst in die tent in Gissträsk. Nu hij de ouderdom naderde, wilde hij niet weer een maagzweer of iets dergelijks krijgen. En met vreugde keek hij terug op het moment van bekering in die tent op het akkerland van Vesterlund. Zelf geloof ik niet. Maar ik heb nergens twijfels over.

In die tijd bestonden er geen rare of sensationele dingen, zei hij. Maar nu hebben we de televisie.

Toen Olof Helmersson uit de schommelbank was opgestaan en naar het hek liep waar hij zijn fiets had neergezet, liep Eskil Holm achter hem aan. En hij legde zijn hand op de schouder van de vroegere opwekkingsprediker om hem tegen te houden.

Je moet begrijpen, Olof Helmersson, zei hij, dat je geen macht hebt over onze zielen. Heel lang geleden heb je dat misschien heel even gehad, maar die tijd is voorbij. Nu geloven we wat we willen. En op eigen houtje. Dat is een deel van onze grootheid.

Ja, het hoorde bij het karakter van de mensen in deze streek dat ze konden verloochenen en verwerpen en geloven tegelijk en met dezelfde toewijding, ze hadden een soort scheelheid in de ziel die erfelijk was en die ze allemaal met elkaar deelden, van de oever van de Skellefterivier tot aan de Vindelrivier. Het leven was zinloos en het doel van het leven was de eeuwigheid. Christus stierf voor onze zonden en niemand had ooit gezondigd. Enerzijds bestond God, anderzijds bestond hij niet.

Als jij hier nooit gekomen was, dan hadden wij waarschijnlijk wel een manier verzonnen om onszelf te bekeren, zei Eskil Holm. Ook al hadden we dan last gehouden van een of andere maagzweer.

Je moet je hek weer eens verven, zei Olof Helmersson. Voordat de ouderdom je te pakken neemt en je het niet meer kunt.

Hij nam de smalle en onvoorspelbaar kronkelende weg via Tjärnberg en Brännet, zodoende passeerde hij tegen de avond Klinten en de plaatselijke redactie in de slaapkamer van Holmgren.

Een gezin uit Skåne had een kampvuur aangestoken bij de stroomversnellingen in de rivier bij Vormsele, ze wilden de vis bakken die ze dachten daar te kunnen vangen. Met een schepnet zouden ze vlagzalm en zalmforel uit het schuimende water ophalen, ze hadden een brochure van het vvv-kantoor Västerbotten gelezen. Na een paar uur was de vrijwillige brandweer uit Rusksele erin geslaagd het vuur te blussen. Aan de krant nu de taak om de lezers te waarschuwen voor vuur, voor alle vormen van vuur, in het uitgedroogde, ja, oververhitte Västerbotten.

Nam Olof Helmersson echt de moeite die fragmentarische teksten uit het verhaal van de plaatselijke redacteur over de drooglegging van de moerassen van deze streek te lezen? Ja, in het begin had hij ze wel gelezen. Maar nu was duidelijk te zien dat hij alleen maar deed alsof hij las, hij hield het vel papier voor zich, maar zijn blik was ergens anders op gericht, op het raam of op het bescheiden gebogen hoofd van de schrijver of op het lege brievenmandje voor binnenkomende post. Uiteraard had hij begrepen wat de scribent uit Jörn wilde bewerkstelligen met de oeroude kletspraat die hij bij elkaar had gevoegd, hij was allang op de hoogte van zowel de trots van de mensen op hun hoge afkomst als van de schaamte over, om niet te zeggen het besef van de erfzonde, van zowel de belachelijkheid van het koninklijke evengoed als van de loyale hoogmoed en de diepgewortelde erfelijke denkbeelden omtrent uitzonderlijkheid en uitverkorenheid en voornaamheid. Het was de best denkbare materie voor een schrijver van sensatieverhalen uit het gebied aan gene zijde van de Skellefterivier.

Vaststond dat Olof Helmersson ook vrij snel een lichte argwaan was gaan koesteren jegens de tekst zelf, de schijnbaar toevallige maar in feite berekenende keuze van brokstukken en episoden. Het leek onwaarschijnlijk dat de delen ooit tot een geheel zouden kunnen worden samengevoegd. De plaatselijke redacteur wilde met opzet nieuwsgierigheid en duistere verwachtingen wekken, het weggelatene en ongeschrevene zouden nooit geschreven worden. Zijn artistieke onvermogen verborg zich achter insinuaties en duistere toespelingen. Voor een oude predikant was het een welbekende methode.

Best mogelijk trouwens dat sommige van de verhaal-
de gebeurtenissen onbehagen en afkeer wekten in Olof
Helmerssons voorheen evangelische hart.

*Boerin Beate van Kvammartjärn had last van een
kwaadaardige en naamloze kwaal. Al twee jaar had ze
haar maandstonde niet gehad, het bloed was in haar
lichaam blijven steken. Ze was nog wel in de meest
vruchtbare leeftijd. Haar buik was viermaal in omvang
toegenomen, ze kon niet meer op haar benen staan,
naast haar in het uitschuifbed was geen plaats meer
voor de boer van Kvammartjärn. Terwijl ze niet zwan-
ger was. Haar man kon bij God en alles wat heilig is
zweren dat hij haar niet zodanig had aangeraakt dat
ze bevrucht zou kunnen zijn. Haar ademhaling was
hijgend en kort geworden, ze zou ofwel stikken ofwel
exploderen door het gestremde bloed.*

*Nu bracht men haar naar het kampement van de
koning. Ze lag op de hooiberrie, de boer en een knecht
droegen haar met z'n tweeën, ze had de grote bedde-
sprei uit de kamer om zich heen.*

*Best mogelijk dat ze stervende is, zei de boer tegen de
wachtposten. Maar eigenlijk is ze in haar beste jaren.
En tegen de hovelingen zei hij: Als een gewijde koning
haar ook niet kan helpen, dan is ze verloren.*

*Het zou voldoende moeten zijn, voegde hij eraan
toe, dat De Gewijde zijn handen op haar buik legt. Of
daaromtrent.*

*Zijne Majesteit liet zijn tent ontruimen en de staf-
kaarten die op de vergadertafel lagen, oprollen. Hij gaf
bevel dat hij met de arme vrouw alleen gelaten moest
worden en dat de tentopening moest worden gesloten.*

Buiten raakte de echtgenoot na een poosje in gesprek met de bisschop.

Ja, beste man, zei de bisschop, we moeten nooit ophouden op Gods genade te vertrouwen.

Nee, zei de boer van Kvammartjärn. De genade, die kan waarachtig inslaan als de bliksem. Je moet er de hele tijd op voorbereid zijn.

Ook in het dagelijks leven dat rustig voortkabbelt en het geduld soms op de proef stelt, zei de bisschop, is de genade voortdurend aanwezig. De algemene kerk en de overheid en de sacramenten zijn slechts bezegelingen en bevestigingen.

Dat kan zijn, zei de echtgenoot, die al die tijd ongerust de tentopening in de gaten hield, maar neem ons nou, wij van Kvammartjärn die hier bij het meer wonen, wij weten niet precies hoe je met de Genade moet omgaan. Wij zijn hoofdzakelijk geschapen voor grof werk. Wij zijn er niet zo handig mee, met de Genade.

Nu ja, zei de bisschop, doorslaggevend is toch het geloof. Alleen het geloof is zaligmakend.

Toch is de Genade wel een van de vier elementen van de Drie-eenheid, zei de boer.

Nu ja, zei de bisschop, laten we de rekenkunde er maar buiten laten. Strijd slechts de strijd van het geloof tot aan het einde! Al het andere doet gewoon niet ter zake voor jullie van Kvalmartjärn.

Kvammartjärn, zei de boer.

Juist op dat moment werd het tentdoek voor de opening opzij geslagen en trad de koning naar buiten.

De uniformbroek van Zijne Majesteit was niet langer marineblauw, de gulden revers waren niet meer te zien,

de zwarte laarzen hadden hun glans verloren. Karel
de Vijftiende was van zijn middel tot en met zijn voe-
ten geheel bedekt met bloed, kraprood of meniekleurig,
deels gestold bloed. Terwijl hij met de pofmouw van zijn
hemd het zweet van zijn voorhoofd veegde, zei hij: Nu
is ze genezen.

Nog veertien dagen bleef ze bloeden, dit was immers
niet gewoon een maandstonde maar een tweejaars-
stonde. Maar daarna, de twaalf daaropvolgende jaren,
baarde ze acht kinderen. Van de vijf zonen emigreer-
den er drie naar Noord-Amerika. Het schijnt dat hun
nageslacht nog altijd de grond tussen Saint Paul en Ro-
chester bewerkt.

Je zweet niet, merkte de plaatselijke redacteur op. Het
is me iedere keer dat je hier was opgevallen dat je niet
zweet. Terwijl je toch overal naartoe fietst op die belachelijke fiets. In die hitte.

Men droogt uit, zei Olof Helmersson. Dat is het eerste
teken van beginnende ouderdom, de vloeistoffen in je lichaam raken opgedroogd.

Maar in zijn jeugd, dat moest hij in alle bescheiden-
heid er wel bij zeggen, was hij een van de grote en be-
langrijke zweters geweest, hij was berucht geweest om
zijn gezweet. Vier of vijf liter per opwekkingsbijeenkomst, daar was hij van overtuigd.

Hoewel, dat overvloedige zweten uit zijn jeugd kon
ook gezien worden als een kwaal of zelfs een ziekte, de
mens zat te vol met stoffen en vochten en die verdrongen
zich om naar buiten te komen.

Nu, op zijn oude dag, had hij zogezegd zichzelf de
handen opgelegd en zijn eigen ik geheeld en gedrai-

neerd. Dat was heel eenvoudig en natuurlijk.

Hoelang ben je van plan op deze manier door te gaan? vroeg de plaatselijke redacteur en hij voorzag zich van nog een strook toiletpapier.

Ik heb de tijd, zei Olof Helmersson. Ik heb alle tijd van de wereld.

W as hij Gerda vergeten? Nee waarachtig niet. Maar er waren nog een aantal uren en dagen van aftastende en behoedzame gesprekken nodig om het beslissende ogenblik te bereiken, het moment dat hij haar beide handen in de zijne zou nemen en in haar steeds gelere ogen zou kijken en haar zou onthullen dat De Almachtige in werkelijkheid niet bestond, dat Jezus Christus zodoende niet Zijn zoon kon zijn, Hij kon onmogelijk Zijn zoon zijn en dientengevolge kon niemand zich aan Hem overgeven. We hebben ons vergist, zou hij ten slotte zeggen. Ons standpunt was niet voldoende doordacht en vooral ook niet op feiten gebaseerd.

Voortaan, zou hij zeggen, moeten we met frisse energie en ongebroken voortvarendheid leven met niets anders dan de naakte waarheid voor ogen.

Het waren niet alleen zijn eigen gedachten, de gedachten uit zijn appartement op de tiende verdieping in Umeå, die hem tot dit standpunt hadden gevoerd, nee het was de tijd zelf, de tijd waarin ze leefden, het nu, dat hem voorzichtig maar onafwendbaar tot de verloochening had gebracht. Onze tijd, zou hij zeggen, is een tijd van afzweren en opzeggen en berouw, iedereen die ooit een geloof had gehad, had de laatste decennia zijn verstand gebruikt en was afvallig geworden, het was tegenwoordig een natuurlijke zaak om afvallig te zijn, de hoofdzaak was dat je iets had gehad waarvan je kon afvallen. Hij dacht met droefheid aan allen die het in de toekomst niet vergund zou zijn afvallig te worden, aangezien ze nooit iets hadden aangehangen, nooit met hart en ziel in iets hadden geloofd. Wat een ontzettende leegte! zou hij ook zeggen. Wat een troosteloze verlatenheid en vertwijfeling! Wat zouden deze mensen niet allemaal aanrichten, verdwaald en radeloos in een wereld vol gevaren waarin geen enkele overtuiging van verloochening en verwerping hun de weg wees, hun richting en doel gaf?

Minstens eens per twee dagen zat hij op de houten stoel aan haar zijde in het kamertje in Inreliden, de meeste tijd zweeg hij, het enige wat hij scheen te kunnen uitbrengen waren een paar woorden over de vogels die door het open raam te horen waren of een groet van Eskil Holm in Svanliden of van Gideon of van Kristina en de Stockholmer in de Linushoeve. Hij zat daar zonder iets te zeggen en beidde zijn tijd.

Gerda's voorraad vragen was bij lange na niet uitgeput, die vragen die ze in al die jaren dat hij uit de omgeving weg was in haar binnenste had verzameld. Bovendien, merkte ze op, zijn er vragen en onzekerheden die zich niet laten uitspreken. Ze wilde zich beperken tot zaken die handzaam en licht te hanteren waren, ze besefte dat hij na alle jaren in Umeå niet in topvorm en niet optimaal getraind was: was Jezus altijd God en mens tegelijk en op dezelfde plaats, of was Hij soms mens en soms God?

En op verschillende plaatsen?

Nadat ook zij dan een poosje had gezwegen, deelde ze zijn antwoord mee, het antwoord dat ze volgens haar zeggen van zijn lippen had gehoord en dat elke keer weer even simpel en helder en gemakkelijk te begrijpen was: hij was altijd, op ieder moment, de Vader en de Zoon, ja, Hij was alle mensen gezamenlijk. Toen hij aan het kruis niet zonder vertwijfeling uitriep: Mijn God, mijn God, waarom hebt Gij mij verlaten, was dat de gemeenschappelijke kreet van alle mensen en tegelijkertijd Gods wanhopige roep naar zichzelf. Zo laat Hij ons weten dat Hij alles in allen is. Je hoeft niet bevreesd te zijn, Gerda, geen nood en geen geluk zullen jou uit Zijn hand rukken!

En hij kon natuurlijk niets anders doen dan voortgaan met zwijgen, althans voorlopig, hij had pijn aan zijn ribben van de spijlen van de stoelrug, uit het half opgegeten ei dat nog over was van het ontbijt en dat op het nachtkastje stond steeg een zwakke zwavelgeur op, af en toe kneedde hij zijn dijspieren die misschien een beetje pijn deden.

Een enkele keer onderbrak Gerda zichzelf opeens en dan zei ze: Zeg, je brengt me nooit de groeten over van Marita. Van Inreträsk.

Die ken ik niet, in mijn tijd bestond zij niet.

Ze behoort tot de gemeente, zei Gerda met klem. Zij en ik.

Ik had nooit kunnen denken, zei Olof Helmersson, dat Isabella Stenlund een onecht kind zou krijgen. Dat zij zo was.

Ik heb er nooit bij stilgestaan, zei Gerda, dat Marita op de een of andere manier onecht zou zijn.

Aangezien zij degene was die op sterven lag terwijl hij zijn hele leven nog voor zich had, wilde ze graag zeggen dat het één nooit van het ander onderscheiden kon worden, het echte van het onechte, het vervalste van het oorspronkelijke, het aangeborene van het aangeleerde.

Waarom had het zoveel dagen om niet te zeggen weken geduurd voordat hij zich naar het huis van de Stenlunds begaf?

Het is onmogelijk daarachter te komen, maar zelfs nu, nu hij bij de zandafgraving kwam vlak bij de smederij en de rotsgrond waar het kippenhok had gestaan, scheen hij te aarzelen of hij wel naar het huis toe durfde te gaan; hij stapte van zijn fiets, bukte zich om de steentjes aan de kant van de weg te bestuderen; voor de restanten van de melkbussentafel bleef hij met gebogen hoofd staan alsof de melkbussentafel een altaar was, hij plukte een paar bladeren van de treurberk, stopte ze in zijn mond en kauwde er lang en peinzend op. Op het erf stond een stepslee met roestige, kromme glij-ijzers, daar zette hij zijn fiets neer. Op de helling achter het huis blaatte een schaap.

Het huis zelf was zoals het altijd was geweest. Hoewel, niet helemaal: de rode verf van de muren was donker geworden en had zijn glans verloren, de witte verf van de raamlijsten was afgebladderd, het spanen dak was vervangen door gegolfde aluminiumplaten, boven het keukenraam dat uitzag op het privaat was een hardboardplaat gespijkerd. De buitendeur stond open, een vrouw met een rode plastic emmer in haar hand was juist naar buiten gekomen, ze hield haar pas in toen ze de vreemdeling ontdekte die zijn fiets tegen de stepslee had gezet.

Ze was lang en breedgeschouderd, haar rossige haar hing over haar schouders en borst, ze was gekleed in een loshangende blauwe katoenen jas die tot op haar enkels en blote voeten reikte. Ze zette de plastic emmer op het trapje voor de deur en maakte een kleine beweging met haar rechterhand, ze draaide haar handpalm naar voren, bijna alsof ze hem welkom heette. Hoe oud kon ze zijn? Vijfendertig? Vijfenveertig?

Het had Isabella kunnen zijn.

En hij liep naar haar toe en zei: Ik ben Olof Helmersson. Ik heb uw moeder gekend. Hij klonk ietwat buiten adem, vermoedelijk door de warmte en door het fietsen tegen de helling op.

Ja, zei ze, ik verwachtte al dat u zou komen. Het heeft wel lang geduurd.

Ik heb veel te doen gehad, zei hij. Er zijn plichten waar je niet onderuit kunt. Ook wanneer niets wordt wat je ervan had verwacht.

Ze bleven een poosje in het zonlicht voor het trapje staan. Het geluid van de radio in de keuken drong door de open deur naar buiten, een opgewonden telefoonstem praatte met een journalist in Stockholm.

Uw zonnebloemen zijn al flink opgeschoten, zei Olof Helmersson. En de IJslandse papavers komen er ook al aan. En de kluwenklokjes en de akeleien ook.

Ik haal in de herfst het zaad van de bloemen, zei ze. We hebben altijd al zaad verzameld. We hebben nooit andere bloemen gehad dan de oorspronkelijke.

Maar we zouden wel regen kunnen gebruiken, zei hij.

Ja, zei Marita Stenlund. Regen.

Terwijl ze met elkaar spraken keek hij onafgebroken en nieuwsgierig naar haar gezicht, ja, hij monsterde haar grijsblauwe ogen en haar neusvleugels en de rimpeltjes die van haar slapen naar haar wangen liepen en het loodrechte huidplooitje op haar kin alsof hij een schilderij of een foto voor zich had, en terwijl ze praatte kon hij het niet laten stilletjes maar duidelijk de levendige maar tegelijk zachte bewegingen van haar lippen na te doen.

U lijkt erg op uw moeder, zei hij. U bent mooi op dezelfde grootse manier.

Eigenlijk zou ik de schapen water gaan brengen, zei ze. Maar dat kan wel wachten.

We kunnen wel even gaan zitten, zei ze. In de schaduw.

De lijsterbessen in het prieel waren nooit gesnoeid, ze vormden meer een bosje dan een prieel. Marita en Olof Helmersson gingen op de witte plastic stoelen zitten die bij het ronde tafeltje met een blad van houten latten waren geschoven, de lange dunne takken van de boomkruinen spreidden zich boven hun hoofden uit.

U moet iets drinken, zei ze. U bent op de fiets gekomen, maar u zweet niet.

Ik ben gestopt met zweten, zei Olof Helmersson. In de tijd van Isabella Stenlund liep het zweet in stromen van me af. Ik kon me niet goed beheersen.

Maar Marita wist wel beter. Het was geen kwestie van beheersen, helemaal niet. Ze had jarenlang in de gemeentelijke thuiszorg gewerkt, ze had geleerd dat oude mensen vaak vergeten te drinken. Ze verbeeldden zich dat ze gedronken hadden. Ze konden sterven door uitdroging. Ze had drie oudjes aan de weggetjes tussen Rentjärn en

Gransjö gehad, die nu alle drie overleden waren. Je kon altijd hopen dat er nieuwe oudjes zouden opstaan.

Als ik oud ben, zei hij, zou ik graag iemand als u in mijn buurt hebben.

En ze haalde glazen en een kan water uit de keuken. Toen ze wegliep kon het hem niet ontgaan hoe krachtig en soepel de spieren op haar rug en dijen zich bewogen onder de dunne blauwe stof.

Als ik niet vanwege mijn plichten op reis moet, zei hij, woon ik in Umeå. Daar is de lucht nooit droog. De zeewinden uit de Holmsund voeren vocht en koelte aan land.

Toen ze voor de tweede keer zijn glas had gevuld, zei hij: U hebt dezelfde pezige en sterke handen als uw moeder.

Mijn moeder zei altijd dat ik het meest op mijn vader leek, zei Marita.

Ja, zei Olof Helmersson, het is eigenaardig, maar er is iets aan uw gezicht dat niet Isabella is, maar dat ik toch heel duidelijk herken.

Dat spreekt vanzelf, zei Marita. U kent toch iedereen in deze streek.

Het loof van de lijsterbessen boven hen hing volkomen stil, de blaadjes leken wel doorschijnend in het felle zonlicht. De bloemschermen waren al onderweg, over een week of wat zouden ze uitkomen. De schapen, die nog geen water hadden gekregen, bleven blaten.

Ooit, zei Olof Helmersson, stonden wij elkander zeer na, Isabella en ik. Ik heb haar bekeerd.

Ja, zei Marita. Ik weet het. U hebt de hele goegemeente bekeerd. Mij hebt u ook min of meer bekeerd, ik ben bekeerd geboren. Wij zullen u tot in alle eeuwigheid dankbaar zijn, wij van de gemeente.

De gemeente? zei Olof Helmersson.

Gerda en ik, zei Marita. Wij zijn de gemeente.

Gerda ligt op sterven, merkte Olof Helmersson op.

Ja, gaf Marita toe. De gemeente krimpt. Momenteel.

Het was van begin tot eind een dwaze misvatting, zei Olof Helmersson. Ik had nooit aan dat werk moeten beginnen.

Uw werk is van onschatbare waarde, zei ze. Het kan nooit worden uitgewist. Het behoort aan de eeuwigheid toe.

Er is geen eeuwigheid, zei hij. Daarom ben ik ook teruggekomen. Ik moet dat rechtzetten. En officieel tegenspreken. Alles. Voordat we allemaal de eeuwigheid in gaan.

Nu was zij het die bedachtzaam, bijna opdringerig zijn gezicht bestudeerde: de huid die door zon en jaren gerimpeld was, de zware oogleden, het loodrechte plooitje in de punt van zijn kin, het nauwelijks zichtbare trekken van zijn mondhoeken, de gebarsten lippen die hij steeds weer met het puntje van zijn tong moest bevochtigen. En de hoge, koppige jukbeenderen.

Enigszins mechanisch, het was inmiddels onvermijdelijk dat hij zichzelf af en toe begon te herhalen, zijn blik gericht op haar gevouwen handen die ze op de wiebelige tafel had gelegd, somde hij alles op waarin ze onmiddellijk moest ophouden te geloven, alle waarheden die verworpen moesten worden, alle overtuigingen waarmee ze zo verraderlijk via de moedermelk geïnjecteerd was en die op een belachelijke manier zin schenen te geven aan het in wezen zinloze leven.

Ze luisterde aandachtig. En toen hij uitgepraat was, bleef ze een poosje in gedachten verzonken zitten, even later vulde ze zijn glas nog eens en zei: Had ik maar een bodempje gemberbier voor u. Maar de drankenwagen komt hier niet meer langs.

Ja, vervolgde hij, hij had in zijn jonge jaren een verschrikkelijke verantwoordelijkheid op zich genomen. Hij had zielen op een dwaalspoor gebracht, honderden onschuldige zielen. En nu, nu hij langzamerhand de ouderdom naderde, was het zijn plicht om alles weer in orde te brengen. Men had hem gezegd dat jonge mannen na een nacht van dronkenschap zich weleens gedwongen voelden vrienden en bekenden af te gaan om iedereen te vragen hen te vergeven en te vergeten wat ze in hun roes verkeerd hadden gedaan. Kortom, hij was iemand die in een roes had verkeerd.

Toen boog ze naar voren en streelde met een wijsvinger voorzichtig zijn knokkels. U bent ons allemaal tot een grote zegen geweest, zei ze.

En hij trok zijn hand niet terug, integendeel, die kleine liefkozing monterde hem misschien juist wel op. Nadat hij langdurig en grondig zijn keel had geschraapt, vertelde hij haar hoe het preken in zijn werk was gegaan: eigenlijk was het geen kunst geweest de mensen te bekeren. De klinkers waren volstrekt doorslaggevend, die moesten diep uit de holten van het hoofd komen, ja uit de diepte van het lichaam zelf, beklemtoond en verlengd, zodat niemand ertegen in kon gaan: Góóód. Doood. Eeeuwigheid. Genaaade, Zóóónde. Oooverspel. De medeklinkers daarentegen kon je eigenlijk min of meer uitspugen. Ook de pauzes mocht je niet vergeten, hij durfde te beweren dat hij een meester was geweest in het pauzeren, zijn pauzes waren drachtig en zwaar van inhoud geweest. Ook de glimlach, met gekrijte tanden, was vol betekenis, het hele gelaat moest stralen van het geluk der bekering en verzoening. De klinkers, de pauzes, de zalige opgewektheid, zo had hij de hele streek bedrogen en om de tuin geleid. Bovendien had hij gebruikgemaakt van de accordeon.

Tegenwoordig heb je geen accordeonmuziek meer, zei Marita. Vertel eens over die accordeon.

God nee! zei hij, hij dacht tegenwoordig nooit meer aan zijn accordeon, hij wilde er niet aan denken! Dat ding was gebruikt om te verleiden, hij had het uit zijn bewustzijn losgehakt, hij kon zich nauwelijks herinneren hoe sentimenteel dat ding klonk! Het was er een geweest van het merk Hagström, hij had het instrument op afbetaling gekocht bij een muziekhandel in Skellefteå. Het had in een blauwe imitatieleren koffer gezeten met dubbele verchroomde sloten. De zwarte balg was van kalfsleer, accordeonist Olle Johnny, die werkzaam was geweest in dienst van de dans en de zonde, had net zo'n soort instrument gehad, het was rijkversierd met lijsten van zilver en parelmoeren inlegsels.

Terwijl hij op die manier de accordeon beschreef, sloot hij zijn ogen en veel van de rimpels in zijn gezicht leken glad te trekken en te verdwijnen, hij streek met zijn hand over zijn kale hoofd, de waaierende bewegingen van zijn gespreide vingers gaven aan en lieten zien dat er in de tijd van de accordeon krachtig, bijna woest en krullend haar aanwezig was geweest. En hij boog naar voren en haalde een onzichtbare accordeon uit zijn imitatieleren koffer, hij schoof de leren riemen over zijn schouders en liet het instrument tegen zijn borst rusten, bracht zijn ellebogen omhoog en naar buiten en begon vervolgens te spelen. Zijn vingers bewogen kordaat en zeker over de knoppen. Terwijl de geluidloze muziek van de accordeon voortging, legde hij verder uit dat deze vijf rijen had gehad, een chromatische discanttoonladder over vijf octaven en honderdtwintig bastoetsen met vierstemmige majeur-, mineur- en septimeakkoorden en verminderde septimeakkoorden, natuurlijk was hij gelijktonig geweest, hij kon de balg dus uit- en intrekken zoals hij wilde. De gemeente had bereidwillig, ja bijna met toewijding de verantwoordelijkheid op zich genomen voor de afbetalingen aan de muziekhandelaar in Skellefteå.

Maar even later liet hij de accordeon los, het instrument viel op de vloer nog voordat hij zijn stuk, wat het ook mocht zijn, had uitgespeeld. Hij veegde het vocht uit zijn ogen en zei: Eigenlijk was het geen muziek, het was gewoon manipulatie en vingervaardigheid. Ik speelde niet eens van blad.

Als hij aan dat ellendige gedoe terugdacht, voelde hij niets dan schaamte.

Mijn moeder had het iedere dag over uw accordeon, zei Marita. Haar allerlaatste woorden in dit leven gingen over de accordeon.

Die opwekkingsmuziek, vervolgde Olof Helmersson, was eigenlijk een en al vervalsing en sentimentele, vaak gesyncopeerde smakeloosheid en vulgariteit. Hij kon het alleen maar jammer vinden dat Isabella, toen ze nog leefde, niet de weg naar een meer veredelde muzikale smaak had gevonden. Wat hem betrof, tegenwoordig luisterde hij alleen nog maar naar Bach en Bruckner en Brahms en Mahler en Sibelius. Mogelijk ook naar Chopin, al gingen diens composities soms op bedenkelijke wijze de kant op van het evangelische.

Voordat hij aan deze reis begon, zei hij tegen Marita, dus in de tijd dat hij nog vervuld van gedachten op de tiende verdieping in Umeå zat, had hij zich voorgesteld dat hij zou kunnen prediken. Hij had zichzelf een voorstelling gemaakt van de mensen, hoe ze zich zouden verzamelen om naar hem te luisteren, met enorme kracht en gesteund door een verpletterende bewijsvoering zou hij hun de waarheid verkondigen, en die waarheid was dat er van alles waarvan hij vroeger ooit had beweerd en uitgeroepen dat het bestond, waarover hij had gezongen,

waarvan hij grote delen van het binnenland van Västerbotten had gesmeekt erin te gaan geloven, dat er van dat
alles welbeschouwd niets bestond.

Hij had ook wat dat betreft zichzelf bedrogen, zoals
hij zichzelf zijn leven lang al met groot succes bedrogen
had.

Intussen was hij tot het besef gekomen dat er over twijfel en verloochening en verwerping nauwelijks te preken
viel, deze zaken ontbeerden de juiste substantie.

De predikende mens was afhankelijk van het feit dat
hij een geloof had. Ook waren de mensen er niet meer,
al die mensen die zich hadden moeten verzamelen om
naar hem te luisteren en zich tot andere gedachten te
laten brengen. Die mensen waren grotendeels uitgestor-
ven of ze hadden zich onontvankelijk gemaakt of waren
naar Zuid-Zweden verhuisd.

Het water in zijn glas en in de kan was op, maar Marita scheen het niet te merken, ze betastte de knoopjes
die de blauwe jas bijeenhielden en keek onafgebroken
naar zijn ruwe en vermoeide gezicht. Een paar eksters
klapwiekten kijvend heen en weer in de lijsterbessen.

Toen ze even later een soort antwoord probeerde te for-
muleren op wat hij had gezegd over de reden waarom hij
naar deze omgeving was gekomen, maakte ze per ongeluk bijna dezelfde vergissing als Gideon had gedaan toen
hij op zijn knieën voor het fornuis het beeld van Isabella
in zijn handen had omklemd. Ze zei: Wat naar voor je! Je
had misschien je accordeon mee moeten nemen, papa!

O lof Helmersson bleef lange tijd stil zitten, zijn blik op de versleten, afgebladderde latten van de tafel gericht. Na een poosje keek hij op en bestudeerde nogmaals lang en grondig Marita's gezicht.

Ik had het kunnen weten, zei hij ten slotte. Er zat een geweldige kracht in mijn zaad.

Ja, zei Marita. Zoiets zei mama ook altijd.

Je lijkt op Isabella, zei hij. Maar ik zag meteen dat je trekken van iemand anders had geërfd, iemand die ik herkende, al was het vaag.

Ja, zei Marita.

Het was mijn eigen gezicht dat met dat van Isabella verenigd was, zei hij.

Dat kan best kloppen, zei Marita. Je schijnt buitengewoon welgeschapen en knap te zijn geweest.

Ja, zei Olof Helmersson. Dat was ik.

Reeds uit de vriendelijkheid waarmee ze hem ontving, verklaarde hij, en de hoffelijkheid waarmee ze hem water had aangeboden, had hij eigenlijk moeten kunnen opmaken dat zij zijn dochter was. En uit de saamhorigheid, ja, de intimiteit die hij onmiddellijk had gevoeld toen ze hier in dit knusse prieel gingen zitten.

Wil je nog meer water, papa? vroeg Marita.

Nee, dank je, zei Olof Helmersson, ik krijg een klotsende buik van te veel water.

Ja, zei Marita. Dat heb ik ook.

Als hij had geweten dat zij bestond, vervolgde hij, dan zou hij om te beginnen voor haar hebben gebeden en haar hebben gezegend, later zou hij goed over haar hebben gedacht en haar geluk hebben gewenst in het leven, en ten slotte, toen het hem eenmaal volkomen duidelijk was dat de schepping uitsluitend uit materie bestond en uit niets anders, ja, dat er om precies te zijn helemaal geen schepping bestond, zou hij haar een gedeelte van zijn pensioen hebben gestuurd, een tiende deel bijvoorbeeld.

Dank je wel, papa, zei Marita.

Je zult me wel ontzettend hebben gemist, zei hij.

Waarom zouden we je hebben gemist? zei ze. We hadden alles wat we nodig hadden. En de gemeente.

Toch was je vaderloos als het ware, zei Olof Helmersson, en nu was hij degene die een poging deed tot een kleine liefkozing, hij drukte zijn handpalm heel even tegen haar onderarm.

Een mens heeft altijd zijn hemelse Vader, zei Marita.

En vrijwel alle mannen in hun enorme familie hadden zich keer op keer aangemeld als vrijwilliger. Speciaal Eskil van Svanliden. En Gideon voordat hij blind werd, ja, zelfs daarna nog. En Arne van de Linushoeve, die net had gedaan alsof hij Kristina's stiefvader was. En Torvald, de kunstenaar die in de krant had gestaan, die zelfs meer dan eens.

Die sukkels van kerels! zei Olof Helmersson. Die hadden nooit bij Isabella Stenlund terecht gekund!

Mijn dochter, vervolgde hij, nadat hij een poosje de slappe huidplooien op zijn hoge voorhoofd had gemasseerd en zich met zijn polsen de ogen had uitgewreven, ik wilde dat ik wat er tussen Isabella en mij is gebeurd, wat blijkbaar tussen ons heeft plaatsgevonden, in mijn geheugen kon terugroepen!

Je hoeft geen moeite doen, papa, zei Marita. Op jouw leeftijd, in de jaren die jij hebt bereikt, loop je juist het risico dat het heden verloren gaat.

Ja, tegen het eind was zelfs voor Isabella Stenlund het kortetermijngeheugen verklonken en vervluchtigd!

Maar, merkte hij op, zijn leeftijd was niet bijzonder hoog. Nee, hij had nog veel dingen te doen en zijn gedachten werden met de dag transparanter en gingen steeds dieper. Mijn schedel groeit nog, zei hij. Twee maten in acht jaar! Je moet weten, zei hij, dat ik mijn boeken schreef met hoedenmaat zevenenvijftig, en nu heb ik negenenvijftig!

Ja, beaamde Marita, mensen met zo'n hoofd als jij zijn er waarschijnlijk niet veel.

Maar het geheugen was helaas bedrieglijk en trouweloos, niet alleen zijn geheugen maar het geheugen van alle mensen, eigenlijk was het geheugen an sich als fenomeen hoogst twijfelachtig. In feite was het tamelijk onbruikbaar waar het het verleden betrof. Het was de vraag of er eigenlijk wel enig verband bestond tussen het verleden en het geheugen. De verleden tijd, zei hij, is vluchtig en onbestendig. Soms bestaat hij, soms niet.

De waterkuil op de heuvel is opgedroogd door de warmte, zei Marita. Dus ik moet nu eindelijk dat water naar de schapen gaan brengen.

Maar nu hij naar aanleiding hiervan zijn innerlijk begon te onderzoeken, kon hij die nazomeravond, langgeleden, werkelijk voor zich zien: hij had Isabella bekeerd tegen het einde van de avondbijeenkomst, vooral bij de klanken van *Denk aan allen die daarginds elkander zullen wederzien*, dat eenstemmig werd gezongen. Daarna ging hij met haar mee naar huis voor een nabespreking in haar kamertje op zolder. Nu herinnerde hij zich dat de hooiruiters nog buiten hadden gestaan en dat het paard van Holmgren, dat buiten liep te grazen, hen een gedeelte van de weg had vergezeld. Ze waren allebei vervuld geweest van een vreugde die aan hemelse zaligheid grensde. Bekeerd worden is groots, degene zijn die bekeert is nog net ietsje grootser. Voor zijn geestesoog verscheen nu ook de melkbussentafel, aan de voorkant hing een aanplakbiljet over de zojuist afgelopen opwekkingsbijeenkomst. Onder aan het gele biljet stond slechts één woord: ACCORDEONMUZIEK.

Tijdens de nabespreking op haar kamer waren ze allebei in vervoering geraakt, hij en Isabella. Hij durfde te beweren dat ze hulpeloos waren geweest. Een macht die ze niet in bedwang konden houden had hen overweldigd. Ze waren allebei ook licht gekleed geweest, in dunne zomerkleding.

Je bent waarachtig niet in zonde verwekt, zei Olof Helmersson. Nee, integendeel!

De bekering zelf, voegde hij eraan toe, was natuurlijk verbeelding geweest, een hersenschim. Maar al het andere was wel degelijk heerlijke werkelijkheid geweest.

Wij van de gemeente, zei Marita, zijn oneindig dankbaar dat je eindelijk naar ons bent teruggekeerd.

Mijn geliefde dochter, zei hij, je moet begrijpen dat ik niet meer dezelfde ben.

Maar de kleine tegenwerping leek grotendeels langs haar heen te gaan.

Hij was te lang weggebleven, zei ze alleen. En het was algemeen bekend dat allerlei ketterijen welig tierden in Umeå. Als hij zichzelf wat tijd gunde zou hij spoedig met hulp van de gemeente en van de Verlosser weer in goede oude vorm zijn.

Je kunt nimmer verloren gaan.

En ze wees hem er ook op dat het gemeenschapsgevoel binnen de gemeente de laatste jaren verzwakt was, het gemeenschapsleven was achteruitgegaan, het was niet helemaal bevredigend meer.

Dus we hebben je nodig, papa, zei ze.

Toen ze even later de rode plastic emmer pakte om naar de schapen te gaan en Olof Helmersson op zijn fiets was gestapt, stond hij dus in zekere zin opnieuw aan het hoofd van de gemeente.

Het was laat in de middag toen hij bij Gerda van Inreliden kwam. Ze lag diep weggekropen onder de deken, de gebreide kraag van haar bedjasje stond omhoog tegen haar wangen. Sneeuwt het weer, vroeg ze. Er komt gewoon nooit een eind aan deze winter.

Het is zomer, zei hij. De warmste zomer sinds 1957.

Neem me niet kwalijk, zei ze. De kalender zal wel gelijk hebben.

Een vergeeflijke vergissing, zei hij. Dat kan iedereen overkomen.

En ze vroeg of hij naar het Avameer was gegaan zoals hij beloofd had, of hij de boot had nagekeken, de grote boot die Jakob had gebouwd en die bij het botenhuis van Holmgren aan wal was getrokken. Of hij niet was beschadigd door het ijs en of hij niet vol water lag en moest worden leeggeschept.

Nee, hij had nog geen tijd gehad, zijn dagen waren om het maar zo te noemen gevuld met zielzorg, maar hij zou zo gauw als hij kon het lange pad nemen naar het Avameer en Jakobs boot, hij begreep haar ongerustheid heel goed, de roeibank kon wel losgeraakt zijn, misschien waren de riemen wel gestolen.

Wij stelen niet van elkaar, zei Gerda.

Hij was nu wel eindelijk bij de Stenlunds langsgegaan, zei hij. Marita had het heel druk, ze kweekte groenten en verzorgde de schapen.

Ja, zei Gerda, Marita is werkelijk tot zegen.

Je krijgt de groeten van haar.

Ik weet niet, zei Gerda, hoe we ons zonder Marita zouden moeten redden in de gemeente. Zij zal mij opvolgen als leider.

Even later merkte Gerda op dat er nog een aangelegenheid was waarbij ze zijn hulp nodig had. Ze zei het niet toevallig en terloops, nee, ze slaagde erin haar stem te verheffen en onder controle te krijgen tussen het hijgen door, zodat duidelijk werd dat dit een onderneming van het hoogste belang was, ja, dat het misschien wel speciaal hiervoor was dat zij tientallen jaren lang zo dapper op hem had gewacht.

Maar hij gaf geen antwoord, je zou bijna geloven dat hij haar wens niet had gehoord; nadat hij een poosje niets had gezegd, zei hij alleen maar: Nu, ik kom morgen weer, in de ochtend, als Asta weg is. Als jullie allebei klaar zijn met je werk.

Het ging anders. Op zeer onverwachte wijze zou hij onderweg worden opgehouden, er gebeurde iets wat hij noch Gerda zich had kunnen voorstellen.

Voordat hij thuiskwam bij Ivar en Asta en de aardappelknoedels, kreeg hij nog even gelegenheid om een paar woorden te wisselen met Kristina. Ze stond boven op het afdak boven de voordeur met een penseel en een blik verf in haar handen. Ze was bezig de cijfers die op het steenrode hout tussen de ramen van de eerste verdieping waren geschilderd met witte verf op te vullen.

1860

Dat ziet er gevaarlijk uit, riep hij naar boven. Als je valt ben je dood! Je zou een steiger moeten hebben!

Wij hebben ons altijd zonder steigers kunnen redden, antwoordde ze.

Laat die man van je dat toch doen! zei Olof Helmersson.

Die kan er niks van! zei Kristina. Die komt uit Stockholm.

Is dat een jaartal? vroeg Olof Helmersson. 1860?

Ik denk het wel, zei Kristina. Het heeft er altijd al gestaan.

Is er dat jaar iets bijzonders gebeurd? vroeg Olof Helmersson.

Dat weet ik niet, zei Kristina, maar het staat er omdat we het dan nooit zullen vergeten.

Ze ging verder met haar werk, ze gebruikte een stevig Lyons penseel met een lange steel. Onder het jaartal stond de letter C, ook die had nieuwe verf nodig.

S oms las Asta bij het ontbijt hardop voor uit de *Norra Västerbotten*, een kort bericht of een advertentie. Vandaag was iemand uit Göteborg winnaar geworden bij het wildwatervaren op de rivier bij Mårdsele.

En de lui in het zuiden kopen onze voetballers, bracht Ivar in herinnering. We hebben bijna geen elanden meer. Onze schrijvers zijn dood en nieuwe komen er niet. We hebben onze kalveren en koeien naar de slachterij gestuurd. En de Vasaloop winnen we ook niet meer.

Wie zijn we? vroeg Olf Helmersson.

De familie, zei Ivar. De streek. Deze uithoek van het land. De Lindbergs en de Isakssons en de Lundströms en de Alms en de Brännströms. Hemmingen en Storliden en Björknäs en Bjursele.

En orgels bouwen we ook niet meer, zei Asta.

Een zeer tijdelijke periode van neergang, zei Olof Helmersson. Daarna verrijst de streek weer. In hernieuwde schoonheid.

Op de helling achter de school die de brandweer kortgeleden in brand had gestoken ligt de garage van Lundmark. Als je je vanaf de garage langzaam heuvelafwaarts laat gaan en met je voet op de rem in de bocht boven het dichtgegroeide akkerland rechts afslaat, kun je tussen de sparren de Linushoeve zien liggen.

Toen hij de bocht passeerde en weer wilde gaan trappen, reed juist de ambulance achteruit door het hek de weg op.

De Stockholmer zat op het trapje bij de deur, hij had een bosje radijs naast zich liggen.

Ze is dus van het dakje afgevallen, zei Olof Helmersson. Ik had haar gewaarschuwd.

Nee, zei de Stockholmer. Ze is niet gevallen.

Olof Helmersson had zijn fiets tegen het hek gezet en ging nu naast de Stockholmer zitten. Het blik witte verf stond op de onderste trede, het gewassen penseel lag op het deksel. Er hipten een paar kwikstaarten op het pas gemaaide gras.

Wat is er dan gebeurd? zei Olof Helmersson.

Had het zin, zei de Stockholmer en hij gebruikte zodoende een uitdrukking waaruit bleek dat hij niet helemaal nieuw was in deze streek. Het was wel onvermijdelijk.

En Olof Helmersson corrigeerde hem: Niets kan zin hebben, zin bestaat niet. Maar alles wat er gebeurt is natuurlijk onvermijdelijk, anders zou het niet gebeuren.

Ik zag de ambulance, zei hij ook nog. Het was ongetwijfeld een ambulance.

Neem een radijsje, zei de Stockholmer. Nu zijn ze het lekkerst. Straks worden ze houtig en bitter.

De zon stond al hoog boven de sparren, de Stockholmer moest zich aldoor het zweet van het voorhoofd wissen, Olof Helmersson die niet meer kon zweten schoof wat dichter naar een van de stutten van het afdak om wat schaduw te zoeken.

God geve dat het gaat regenen, zei hij. Ik geloof niet dat ik die hitte op den duur kan verdagen. Zonder loon moeten wij de zware dag en de hitte doorstaan. Er zullen tekenen zijn aan zon en maan en sterren, en op de aarde angst onder de volkeren.

Waarschijnlijk waren het de woorden over de langdurige en onheilspellende warmte, uitgesproken met een stem die ondanks alles de herderlijke klank had behouden, die de Stockholmer hielpen zijn bekentenis af te leggen.

Het was allemaal door de warmte gekomen. Hij had zich helemaal uitgekleed, vertelde hij. In zijn blootje, leunend op de steel van een hark, had hij in de schaduw onder de lijsterbes gestaan die op het erf stond. En Kristina had gelachen om zijn zak, die hing bijna tot aan zijn knieën, had ze gezegd.

Ook dat was natuurlijk door die verschrikkelijke warmte gekomen. Door de warmte en de wetten van de natuur.

Maar even later was ze heel, heel ernstig geworden. Kleed je aan, had ze gezegd. Wij hebben buitenshuis nooit naakt gelopen. Wij hebben ons nog nooit zonder kleren in het openbaar vertoond.

Die woorden over zijn zak hadden hem een beetje geprikkeld.

Dat begrijp ik, zei Olof Helmersson. Een opvallend grote zak, dat is nou niet iets om iemand om uit te lachen.

Maar, vervolgde de Stockholmer, toen ze zo zelfvoldaan *Wij* zei, op zo'n zelfvoldaan toontje waaruit onmiskenbaar vreemdelingenhaat sprak, toen was er iets in hem kapotgegaan. Al die jaren al had ze dat **Wij** gebruikt, meestal dreigend tegen hem gericht, altijd uitgesproken met hoofdletters, ja, met de grootste letters van het alfabet en op een belerende, hooghartige, afkeurende toon, een **Wij** zo vol hoogmoed en eigendunk vanwege haar afkomst, zo vol chauvinisme en grootheidswaanzin, dat het op den duur onverdraaglijk was geworden. Al die tijd dat ze samen waren geweest had hij dat **Wij** geduldig op zijn schouders getorst, inwendig zijn vuisten gebald, gezwegen en geleden. In haar **Wij** omvatte ze al haar voorvaderen en familieleden en akkers op drooggelegde moerassen en sloten door staatsdomeinen en nakomelingen tot in de derde en vierde graad en koude bronnen en hooiruiters met zes stokken en de Vindelrivier en de Avaplas en de aangetrouwde ooms, ja alles en iedereen, behalve hem. Nee, hij hoorde er nooit bij. Met haar grotesk uitvergrote, langgerekte en enigszins nasale **Wij** sloot zij hem buiten alle denkbare gemeenschappen, ze zette hem te kijk als buitenstaander, als iemand die nergens voor deugde en eeuwig verdoemd was.

Er bestaat geen eeuwige verdoemenis, wist Olof Helmersson er nog net tegenin te brengen.

Maar, vervolgde de Stockholmer, toen ze daarnet dus voor het laatst **Wij** zei, toen was er iets in hem gebroken en een groenige golf van woede en gekwetste eigenwaarde en terechte bitterheid was in zijn binnenste opgeweld en zijn ledematen binnengestroomd.

Ja, beaamde Olof Helmersson, ook hij kende dat **Wij**, dikwijls uitgesproken als *Wee*, al heel lang, wie wilde zou het kunnen interpreteren als een *wee u* dat werd uitgeroepen over alles wat vreemd was, een *wee u*, gericht tegen de rest van de wereld. Hij kwam het woord en de gedachten die erachter lagen dagelijks tegen.

En hij was uit de schaduw onder de lijsterbes gestapt, vervolgde de Stockholmer, en in zijn naaktheid en razernij en met hulpeloos slingerende zak was hij op haar afgerend, ze was juist overeind gekomen aan de rand van de moestuin.

Ze had deze uit de grond getrokken, zei hij op de radijsjes wijzend. Ze was juist bezig het groen er af te draaien.

En hij had zijn handen om haar keel gelegd en hij had geknepen en gedraaid, ongeveer zoals zij met de radijsjes deed, nooit meer zou ze een *Wij* kunnen uitbrengen. Het was een gewetensvolle en zorgvuldig doordachte, plotselinge en uitzinnige uitbarsting van verontwaardiging en rechtsgevoel.

Ze had geen kans meer gekregen om een woord uit te brengen, zelfs geen woord met maar drie letters. Een bescheiden gegorgel, dat was alles.

Het lijkt wel alsof ik een bloedvlek zie, daar in het gras, zei Olof Helmersson.

Ja, toen hij haar neerlegde, zei de Stockholmer, was er bloed uit haar mond gekomen. Maar geen grote hoeveelheden. Niets om je druk over te maken. En straks zouden de koolmezen alles hebben schoongemaakt.

Inderdaad, dat klopte: de koolmezen haalden werkelijk het bloed weg, van de ene grasspriet na de andere. Daarginds op de weg reed Asta voorbij, ze wuifde naar hen door het omlaag gedraaide zijraam. Ze hadden niet het besef om terug te wuiven.

Olof Helmersson bekeek het gezicht van de Stockholmer aandachtig.

Over een aantal jaren, zei hij, begin ik de ouderdom te naderen. En ik heb nog nooit eerder een moordenaar gezien.

Nee, zei de Stockholmer. Ik heb ook nog nooit een moordenaar gezien.

Maar wat deed je toen je besefte dat ze dood was? vroeg Olof Helmersson.

Ik ging naar binnen om te bellen, zei de Stockholmer.

Hij had dus het alarmnummer gebeld, 112. Eigenlijk was er wel geen sprake van een noodsituatie, maar het was het enige wat hij inderhaast had kunnen bedenken. En de ambulance zou onmiddellijk komen.

Hij had enkel vriendelijkheid ontmoet, hij had geen klachten. Hij had zich aangekleed, hij wilde natuurlijk niet naakt zijn als de ambulance kwam.

Het is niet netjes, zei hij, om je naakt aan vreemdelingen te vertonen. In het openbaar, zal ik maar zeggen. Dat doen wij nooit.

En de politie? zei Olof Helmersson.

Ja, hij had het gebeuren precies zo beschreven als op de binnenkaft van het telefoonboek aangegeven stond. Zo nauwkeurig als hij kon, maar hij moest erbij zeggen dat hij nog niet de afstand tot het gebeurde had die voor een volkomen eenduidig relaas vereist is. Helaas zag de politie geen mogelijkheid om te komen, het was nu eenmaal tweehonderd kilometer van de kust naar het diepste binnenland, de beschikbare Västerbotnische patrouilles waren vandaag juist bezig met het autoverkeer op de snelweg. Maar morgen zouden ze komen. Hij mocht niet weggaan, hij moest wat geduld hebben, we beloven dat we je komen halen, hadden ze gezegd, de moordenaar hoefde zich geen zorgen te maken, hij moest gewoon doorgaan met leven net als anders. Alles zou helemaal in orde komen.

En daarom zit ik hier, zei hij en hij nam nog een radijsje. Ik moet gewoon de tijd verdrijven.

Ik kan je wel gezelschap houden, zei Olof Helmersson.

Voortaan zal het hier bij de Linushoeve nog eenzamer zijn, zei de Stockholmer. Toen vroeg hij: Denk je dat ik ze kan vertrouwen?

Als je de politie niet kunt vertrouwen, antwoordde Olof Helmersson, dan ben je nergens meer.

Zo nu en dan suisde er slechts een meter of wat boven het gras een zwaluw voor hen langs, misschien zou het eindelijk gaan regenen. Kristina's violen en gezaaide afrikaantjes stonden in de border langs het grindpad al te bloeien, de hommels vlogen er af en aan. De twee mannen op het trapje bij de deur probeerden het gesprek gaande te houden, maar ze leken geen van beiden meer de aandacht van de ander te kunnen vangen, de meeste tijd staarden ze maar wat voor zich uit, naar het gras, het open hek, de zwaluwen, Kristina's groentetuin, de bosrand waar een grijze schaduw aan de hemel mogelijk een aanduiding was van wolken die onderweg waren.

De muggen zijn er nog niet.

Nee. Wij hebben geen muggen.

In de stilte die vermoedelijk vol gedachten was konden ze elkaars ademhaling horen, de snelle, enigszins fluitende van de gewezen opwekkingsprediker, de zware, langzame, bijna zuchtende van de moordenaar.

Maar citroenvlinders zijn er meer dan vroeger.

Ja. Citroenvlinders.

Soms sloeg de Stockholmer zijn ogen neer en keek hij naar zijn handen, ze waren groot en grof, bijna alsof ze uit deze streek kwamen en niet uit het zuiden. Misschien hadden ze een nieuwe betekenis voor hem gekregen zodat zijn ogen weer aan ze moesten wennen.

Olof Helmersson deed een poging om bij het onderwerp te blijven, als er tenminste een onderwerp was.

Als ze je komen halen, zei hij, dan moet je eraan denken dat je de deur achter je op slot doet.

Ja, zei de Stockholmer, dat had ik ook al bedacht. En ik moet ook het hek weer in de scharnieren hangen.

En de wimpel van de vlaggestok halen, zei Olof Helmersson.

Ja. En de waterleiding leeg laten lopen.

Toen de zon op zijn hoogst stond en het trapje bij de deur in de schaduw was komen te liggen, ging de Stockholmer naar binnen om boterhammen voor hen te maken. Hij legde ze op een blaadje en serveerde er pils bij.

Dat brood heeft Kristina gebakken, zei hij.

Het was licht, luchtig brood met een knapperige, okergele korst.

Wij noemen het zoetestoet, zei hij.

Op het brood had hij een flinke laag weikaas gesmeerd.

Het is een hele kunst om weikaas te maken, zei hij. Wij bestellen de wei bij de melkfabriek en halen de melk in Raggsjö, dat hebben we altijd gedaan. Sinds mensenheugenis maken we weikaas op dezelfde manier. En in dezelfde pot, we hebben de pot overgenomen met het huis. We koken de weikaas op het fornuis, want dan krijgt hij de juiste warmte, de ijzeren pot heeft een bodem van een halve duim dik.

Ja, zei Olof Helmersson. Die smaak herken ik. Zoet, zout en bitter, allemaal op uiterst verwarrende manier met elkaar gemengd. Zo is het altijd geweest.

Terwijl ze nog op de laatste kruimels van de boterhammen kauwden, zei de Stockholmer: U bent toch dominee, dus u weet alles heel goed, nu kom ik zeker in de hel?

Toen wreef Olof Helmersson lang over zijn gezicht en in zijn ogen, hij zocht naar de woorden, hij aarzelde en zocht diep in zijn herinnering.

Er zijn verschillende hellen, antwoordde hij uiteindelijk, ja, duizenden. Vele daarvan ben ik vergeten. Ik heb er in geen eeuwigheid aan gedacht. Sommige hellen zijn, om het nog erger te maken, een tikkeltje walgelijk. Maar ja, nu je ernaar vraagt.

En nu hij eindelijk een luisteraar naar zijn zin had, rapporteerde hij over enkele van de gebruikelijkste hellen. Gemeenschappelijk voor alle hellen was het type landschap: plat, ziellloos laagland, modder, slijk, drab, hier en daar vulkanische vuren, pruttelende hete bronnen, nu en dan een versteende boom. Aan de boomtakken waren de roddelwijven en leugenaars en bedriegers opgehangen, met haken door hun longen. De hoereerders en hoereersters hingen vlak in de buurt, die waren opgehangen aan hun haren. Alle echtbrekers en verraders en afvalligen zaten tot hun middel in de vulkanische vuren, iedere keer opnieuw werd hun de ogen uitgestoken met gloeiende ijzeren staven.

Vrij snel hervond Olof Helmersson ook zijn oude predikantenstem, de Stockholmer schoof een stukje op. Het bleek dat Olof Helmersson zich de verschillende hellen verbazend goed kon herinneren. Hij zwaaide met zijn handen en wreef ze over elkaar, een paar keer vouwde hij ze, het is een feit dat hij zelfs met zijn tong klakte en zich de lippen aflikte.

Ten slotte was hij bij de speciale hel voor moordenaars aangekomen: ze stonden zich te verdringen op een smalle landtong van rotsblokken en scherpe stukken steen, de moordenaars en doders dus, hun hoofden en schouders waren bedekt met kruipende lijkmaden, allerlei dieren zogen hun bloed op en knaagden aan hun vlees, muggen groot als eekhoorns en krokodillen klein als katten en wespen van het formaat van kraaien; wanneer de moordenaars probeerden op de steenbrokken te gaan liggen om eventjes uit te rusten stond er meteen een duivel klaar die ze in een wurggreep nam en ze overeind zette. En op de oever vlak bij hen stonden alle vermoorde slachtoffers onafgebroken in koor te roepen: O God, rechtvaardig is Uw oordeel.

De Stockholmer zat doodstil, hij bestudeerde nog steeds zijn handen. Ten slotte zuchtte hij: Zo duidelijk en oprecht heeft nog nooit iemand tegen mij gesproken.

Toen boog Olof Helmersson zich naar hem toe, strekte zijn hand uit en klopte voorzichtig op zijn knie. Eigenlijk, zei hij, hoef je je van de hel niets aan te trekken.

Nee, het hele verhaal was duizenden jaren geleden verzonnen door de Egyptenaren, of misschien door de Mesopotamiërs, nu ja, dat maakte niet uit, het waren allemaal sprookjes die de onontwikkelde volkeren vroeger hadden gebruikt om elkaar bang te maken, de Grieken en de Indiërs en het Joodse volk hadden er bemoeienis mee gehad, de hel was een waardeloos kunstwerk, precies zoals het hemelrijk, dat uit artistiek oogpunt nog slechter was; in zijn eigenschap van zielzorger kon hij er een eed op doen dat de Stockholmer, hoewel het volkomen duidelijk was dat hij Kristina had vermoord, nooit in de hel zou hoeven komen!

Maar voordat Olof Helmersson de Stockholmer eenzaam achterliet op het trapje van de Linushoeve, waar hij stil zou blijven zitten wachten tot de politie hem zou komen halen, zei hij: Ik heb een dochter die ik meer dan wat dan ook liefheb, ze heet Marita. Als iemand haar kwaad zou doen, dan zou ik wensen dat de dader zou branden in de hel!

Toen Asta en Ivar hoorden wat er bij de Linushoeve was gebeurd, alle details, en later het hele gebeuren nog eens voor zich hadden laten afschilderen en zich er een voorstelling van hadden gemaakt in een gesprek waarbij ze om beurten de ene omstandigheid en eigenaardigheid na de andere erbij haalden en waaraan Olof Helmersson ook kon bijdragen, hoe het er allemaal had uitgezien en hoe het had geklonken en wat een afgrijselijke indruk de Stockholmer in zijn ellendige toestand moest hebben gemaakt en wat er zo ongeveer met Kristina's gezicht moest zijn gebeurd toen ze op het beslissende ogenblik, om het maar zo te noemen, geen lucht meer kreeg, wij waren immers familie, zei eerst Asta en daarna Ivar, toen ze zich dus hadden toegestaan zich het hele tafereel voor de geest te halen, of eigenlijk alle taferelen vanaf het schaamteloze zich uitkleden van de Stockholmer tot aan het moment dat hij haar in het gras had laten vallen, toen zei Asta: Welbeschouwd hadden we natuurlijk nooit iets anders verwacht. Hoewel het de eerste keer is dat er iemand van ons wordt vermoord. Tot nu toe hebben we het klaargespeeld zonder dat.

En Ivar zei: Nu komt er weer een huis leeg te staan dat zal vervallen. Heb je hem gezegd dat hij hardboard voor de ramen moet spijkeren voordat ze hem komen halen?

Nee, zei Olof Helmersson. Dat ben ik vergeten.

En Asta kon het niet laten een moment stil te staan bij dat ene woord dat de Stockholmer kennelijk tot razernij had gebracht, ja, dat korte tijd zijn ziel had verscheurd, het woordje *Wij*. Ik vind het een mooi woord, zei ze. Wij gebruiken het de hele tijd.

Olof Helmersson beaamde dat. *Wij* is een van de edelste en warmste woorden van de taal, zei hij, vol trots en waardigheid. Hij wilde er speciaal nog op wijzen dat *Wij* de innige en noodzakelijke saamhorigheid tussen mensen uitdrukt, dat er zonder *Wij* geen medemenselijkheid mogelijk was, ja, in wezen lag de hele schepping in dat korte en onaanzienlijke woord besloten.

Die nacht kon Olof Helmersson voor het eerst niet slapen, hij lag maar te draaien op de nieuwe stevige latexmatras die Ivar in Lycksele had aangeschaft. Toen het vlakke, nevelachtige nachtlicht begon op te klaren en scherper werd, stond hij uit het predikantenbed op. Hij liep de lange helling af tot hij bij het ingezakte hek van het akkerland van Neder-Avabäck en Holmgren kwam. Misschien was het één uur, misschien twee uur 's nachts, het pad was half overwoekerd, hij moest zich een weg banen door wilgetakken en espestruiken en kruipende jeneverbes. Daar tussen het gebladerte hadden de muggen verstopt gezeten, de muggen die zich tot dusver niet bij het huis hadden laten zien, en nu vielen ze aan. Toen hij bij de oever aankwam en met zijn hand over zijn voorhoofd en wangen en oogleden streek, werden zijn vingertoppen en handpalmen rood van bloed.

Maar hij kon de boot niet vinden, Jakobs boot, die hij op Gerda's verzoek moest nakijken. Hij liep naar het botenhuis van Holmgren, waarvan het halve dak en de noordelijke muur ingestort waren, maar hij vond geen boot, niet die van Jakob en evenmin die van iemand anders.

Bij de zuidelijke muur echter ontdekte hij een vermolmde plank die tegen een pol zegge aan lag. En toen hij tegen het mos en het veen schopte kwamen er andere houtresten tevoorschijn, bruine, uit elkaar vallende stukken van een kiel en boorden en zitplanken en een vlonder en spanten en dollen, zelfs roestige, kromme krammen en een geblutst hoosvat. Ja, hier had langgeleden een boot gelegen, een vrij grote boot, de boot die Jakob had gebouwd.

Op de plek waar mogelijk de middenplank had gezeten groeide een grote, krachtige berk, hij had lange vruchtkatjes die tegen het ingestorte dak van het botenhuis hingen.

Z e vroegen het zich weleens af, Ivar en Asta: hoelang zou hij blijven? Maar het hem vragen deden ze
nooit. Hijzelf zei niets over inpakken of vertrekken, hij
betaalde per dag, een ronde som voor kost en inwoning,
hij noemde nooit de mogelijkheid van een vaste prijs per
week of maand, sowieso gedroeg hij zich alsof iedere dag
de laatste kon zijn.

Heeft hij nou nog steeds iets te doen? zei Ivar.

Heeft hij dat eigenlijk ooit gehad? zei Asta.

Ook al kon je niet beweren dat wat er bij de Linushoeve
was gebeurd hem werkelijk iets te doen gaf, het scheen
desondanks op een soort boodschap te wijzen, die moord
waarvan hij bijna getuige was geweest, een boodschap
die duidelijker was en meer houvast gaf dan het oorspronkelijke, ietwat mistige en nebuleuze verloochenen
dat hem aanvankelijk hierheen had gevoerd.

De plaatselijke redacteur, de man uit Jörn dus, zat waar
hij altijd placht te zitten, hij schoof dadelijk het laatste vel
papier uit de printer van zijn tekstverwerker naar voren.
Hij was bijna aan het eind, zei hij, de stof raakte uitge-

put, de mondelinge bronnen waren allang opgedroogd en hij was er niet meer zo van overtuigd dat de bezichtiging door Karel de Vijftiende van de drooglegging van de moerassen een beslissende invloed had gehad op de ontwikkeling van de streek. Olof Helmersson vouwde het papier op en stopte het in zijn zak.

En de moord wees de krantenschrijver van de hand, niet alleen de moord an sich maar ook de moord als nieuwtje. Als die echt had plaatsgevonden, en dat moest je wel concluderen aangezien de berichtgever een man van de geest was, dan moest hij toch iedere bemoeienis met de zaak afwijzen. In de krant schrijven over iets dat zo groot en zo betekenisvol was, zo creatief om het simpel uit te drukken, daar zou hij nooit toestemming voor krijgen. Hij zei het zonder bitterheid, bijna terloops.

Nee, zei hij, moord en doodslag en verkrachting, dat zijn zaken voor de centrale redactie. Daar hebben ze een speciale verslaggever voor. Hij komt uit Ragvaldsträsk.

En Olof Helmersson kon alleen maar zeggen dat het hem speet dat er zulke instellingen waren, instellingen die tussen de werkelijkheid en het volk in stonden, zoals de centrale redactie.

Maar hoe zei je ook al weer dat die bloemen heetten die net uitgekomen waren? zei de plaatselijke redacteur. Daar kan ik wel een berichtje over schrijven.

Marita liet de kettingzaag op de grond zakken en zette de motor uit. Ze kapte hout achter de schuur, haar haren en gezicht glommen van het zweet, er waren grote vochtbloemen ontloken op de oranjegekleurde overall.

Omhelsden ze elkaar, vader en dochter? Daar kwam het niet van, hij klopte voorzichtig op haar schouder, zij raakte haastig even zijn wang aan.

Als ik had geweten dat ik een dochter had, zei hij, dan zou haar beeld voor mijn innerlijke oog zijn opgerezen. Haar zou ik dan hebben kunnen zien. Maar die kettingzaag niet.

Lieve pappie, zei ze. Hoe zou ik me zonder kettingzaag kunnen redden?

En ze vertelde over alles wat ze met behulp van de kettingzaag kon doen. Bomen omhakken en zo te zien ook afkappen. Grof timmermanswerk. Woelmuizen afmaken, dan liet je de uitlaatgassen in hun ondergrondse gangen stromen. Alles opruimen wat verouderd en vermolmd en overbodig en onbruikbaar was. Zelfs bij het slachten van de lammeren kon ze in sommige gevallen de kettingzaag gebruiken.

Hij vroeg niet hoe ze de kettingzaag dan gebruikte bij de lammeren.

Een vrouw alleen kan niet zonder kettingzaag, zei ze. Ja, ze dankte God voor die kettingzaag.

De dochter van wie ik niet wist dat ik haar had en die ik eventueel voor mijn innerlijke oog zou hebben kunnen zien, zei Olof Helmersson, die zou een licht gebloemd jurkje met kant aan de polsen hebben gedragen, ze zou aan de piano hebben gezeten, naast haar op de pianokruk zou haar borduurring liggen, achter de bloemen op de salontafel kun je nog net haar poëziealbum zien.

Lieve papa, zei Marita Stenlund, het zou me niet verwonderen als je ook nog zo'n dochter had.

Hij leunde tegen de hoorns van de zaagbok, zijn benen trilden een beetje na de fietstocht bergop naar het huis van de Stenlunds.

Lieve Marita, zei hij, ik moet je vragen te gaan zitten. Voor de zekerheid. Ik heb je iets verschrikkelijks en onbegrijpelijk tragisch te vertellen.

En ze ging werkelijk op het hakblok zitten. Vlak bij had ze een fles water staan, ze nam een paar teugen.

Terwijl hij verslag deed van de beklemmend weerzinwekkende, voor een deel bloedige gebeurtenissen bij de Linushoeve en van alles wat hij er zelf in zekere mate van had meebeleefd, zat zij doodstil naar hem te kijken en te luisteren, haar gezicht vertoonde geen bevingen of spiertrekkingen, haar handen rustten op haar dijen, geen traan welde op in haar ogen, hoe hij zijn stem ook liet sidderen. Toen hij uitverteld was, bleef ze even stil, nam nog een paar teugen uit de waterfles en zei toen: Nou, papa, dat moet heel akelig zijn geweest voor je.

Maar ja, ze behoorden toch niet tot de gemeente, voegde ze eraan toe.

Ze had de zaag op haar schoot gelegd, met haar vingertoppen tastte ze de ketting af. Die moest waarschijnlijk geslepen worden.

Maar het gaat wel over twee onbekeerde zielen, zei hij. Daar zou je toch aan moeten denken. Als toekomstig leider van de gemeente.

Dat maakt niet uit, zei ze en ze boog zich over de zaag om een paar tanden nader te bestuderen. Alles en iedereen ligt in Gods hand.

Het was duidelijk dat ze vond dat er weinig reden was geweest om erbij te gaan zitten.

Ook vandaag blaatten de schapen en de lammeren in

de wei. En een van de ooien had blijkbaar een belletje aan haar halsriem.

En Olof Helmersson moest toegeven dat hij als verloochenaar en verwerper uiteraard niet het recht had zich met haar oordelen en opvattingen te bemoeien, en het was al evenmin zijn plicht om dat te doen, ondanks het feit dat zij van zijn eigen vlees en bloed was. God had geen hand waarin iemand kon liggen en de mensen waren even zielloos als de lammeren, de lammeren die ze in uitzonderlijke gevallen bij het slachten weleens met de kettingzaag behandelde. Hij had alleen maar willen aanduiden, als vader, dat er verschillende, volkomen denkbare andere manieren waren om de ontstellende berichten die hij had meegebracht in ontvangst te nemen.

Ze was opgestaan, nu voelde ze aan de gasregelaar. De kettingzaag heette Jonsered.

Ik beloof, zei ze, dat we in de gemeente voor Kristina en de Stockholmer zullen bidden. In elk geval voor Kristina.

Olof Helmersson was van de zaagbok naar de berg ongezaagd hout verhuisd, hij deed nu net alsof hij een paar stukken hout bestudeerde.

Je kunt niet voor de doden bidden, merkte hij op. Dat is in strijd met de regels.

Daar had ik zo gauw niet aan gedacht, zei Marita.

Zal ik Gerda de groeten doen? vroeg hij.

Doe dat, zei ze, eigenlijk is het iedere keer als er iemand doodgaat weerzinwekkend.

Ja, zei hij, het verdriet is altijd even schokkend.

Wij zouden met z'n allen moeten kunnen blijven leven. De anderen zijn immers met zovelen.

En Marita zette de kettingzaag in het zaagsel bij de zaagbok neer en omarmde hem lang en grondig, hij kuste haar vaderlijk in haar nek, zo had hij vrouwen die hem omhelsden altijd gekust. Ja, doe dat, zei ze, doe de groeten aan Gerda! Ik ben zo innig blij en dankbaar dat je gekomen bent!

Gerda sliep. Asta was al bij haar geweest, ze was gewassen en gekamd en had een paar lepels pap opgeslurpt, nu hoefde ze alleen nog maar uit te rusten met het oog op de beproevingen van de dag. Hij liet haar slapen, ze snurkte zachtjes en onritmisch, terwijl ze toch magerder was dan iedereen die hij ooit gezien had. Op zijn tenen liep hij de keuken in om de klok op te winden, hij zette het raam open naar het bos en het gezang van de vogels, spoelde het papbord dat op het nachtkastje was blijven staan af, in alle eenvoud nam hij een poosje de dienst waar bij haar. Daarna ging hij op de houten stoel bij het hoofdeinde van haar bed zitten. Daar werd ze wakker van.

Je hoeft me niets te vertellen, zei ze. Dat heeft Asta al gedaan.

Natuurlijk, zei hij. Asta.

Zulke dingen zou je niet tegen een stervend mens moeten zeggen, zei Gerda. Het is een beetje onbarmhartig.

Ja, zei Olof Helmersson. Je moet niet onnodig de rust verstoren. De rust en de contemplatie.

Dat is het niet, zei Gerda. Maar als je op je sterfbed ligt heb je niet de kracht om even naar de buren te gaan om de zaken door te spreken.

Ze hield haar ogen een tijdje gesloten, haar voorhoofd

trok in rimpels, met haar handen maakte ze kleine plooitjes in het witte laken dat Asta over haar had uitgespreid.

Weet je, vroeg ze, weet je of hij haar heeft verteld waarom hij haar vermoordde?

Nee, zei Olof Helmersson, dat weet ik niet, daar heeft hij niets over gezegd. Maar ze hadden lang samengewoond, ze begrepen elkaar waarschijnlijk zonder dat ze veel hoefden te zeggen.

Iemand vermoorden zonder te zeggen waarom, dat is wreed, zei Gerda.

Ja, zei hij verstrooid, dat is best wreed.

We hebben zoveel te doen, zei Gerda, ik snap niet waar we de tijd vandaan moeten halen. En ik ben ook niet meer zo flink.

Niemand heeft meer tijd dan wij, zei hij. Wij tweeën hebben alle tijd van de wereld.

Maar toch, zei ze.

En ze somde op wat er allemaal moest worden gedaan: er moest nog een vraag over het goddelijke worden gesteld en beantwoord.

Ze moest de zaken op tijd in orde hebben.

Het raam moest nog dicht voordat de nachtkou binnenkwam.

Ze moest haar taak als leider van de gemeente overdragen aan haar opvolgster nu er nog tijd voor was.

Ze mochten niet vergeten die heerlijke aangelegenheid af te handelen die noodzakelijk was voor haar verlossing van de zonde.

Heb ik dat echt beloofd? zei Olof Helmersson.

Ja, dat had hij beloofd.

En misschien zouden ze de overlijdensadvertentie kunnen schrijven, zodat de plaatselijke redacteur die mooi op tijd op de post zou kunnen doen naar Skellefteå.

Hij doet nooit meer iets op de post, zei Olof Helmersson. Hij mailt.

Ik wil dat er *Denk aan allen die daarginds elkander zullen wederzien* in wordt gezet. *Zij zullen op dat gouden strand nooit van elkander scheiden. Laat ons God prijzen en het Lam!*

Ja, zei Olof Helmersson. Dat is mooi.

En we moeten nog naar het Avameer, zei Gerda. Om naar de boot te kijken. Jakobs boot.

Dat heb ik al gedaan, zei Olof Helmersson.

Ze begon met haar vraag, een van die vragen waarover ze al bijna haar leven lang had gepiekerd: Als ik mijn gebeden in stilte opzeg voor mezelf, hoe kan Hij mij dan horen? En mijn talloze smeekbeden?

En zoals gewoonlijk duurde het een poosje voor ze hem kon vertellen wat ze hem had horen antwoorden: Je bevindt je al in God, de gehele schepping en jijzelf rusten vanaf den beginne in God, Hij hoort je stem en je gebeden in zijn binnenste. En ook de smeekbeden. Daar kun je zeker van zijn, Gerda.

Ik weet niet hoe ik je moet bedanken, Olof Helmersson, zei ze even later. Als jij niet naar mij was teruggekomen, was ik in onzekerheid gestorven. Zonder jou weet ik niets.

Dat heb je mooi gezegd, zei hij. Maar je overdrijft wel een beetje.

Ja, er was veel dat ze niet moesten vergeten, ze moesten alles in orde brengen waar buitenstaanders niets mee te maken hadden, zij en Olof Helmersson. Zoals haar nalatenschap.

De laatste dag dat ze nog volop in leven was, de allerlaatste dag voordat ze uitgeput hier in bed was gaan liggen, had ze de bus naar Norsjö genomen. Bij de bank had ze alles opgenomen wat op haar spaarbankboekje stond, iedere kroon die Jakob ooit had overgehouden en de afwateringssubsidie en de melkgelden die waren binnengekomen zolang ze de koeien nog had en de erfenis van haar tante die kinderloos was gestorven in Hällnäs, de tante die schoonmaakster was geweest op het sanatorium, en op een gegeven moment ook haar pensioen. Ze had alles opgenomen, en ze was stomverbaasd geweest.

Een mensenleven is wonderlijk rijk, zei ze.

En voordat ze naar bed ging, voordat ze, om het zo maar uit te drukken, definitief ging liggen, had ze die oude stapeltjes biljetten in de *Norra Västerbotten* van die dag ingepakt. En nu, zei ze, nu gaat de gemeente van mij erven.

Dat is heel grootmoedig en vrijgevig van je, zei Olof Helmersson.

Je kunt even kijken of het pak er nog ligt, zei ze. In de middelste la van de chiffonnière in de zitkamer.

En ja hoor, daar lag het, omwikkeld met een henneptouwtje, iets groter dan een baksteen. Het papier, een exemplaar van de *Norra Västerbotten*, was een beetje vergeeld. Er was een tractor door het ijs van de Byskerivier gezakt.

Nogmaals, zei Olof Helmersson, die boot bij het Ava-meer, Jakobs boot, die heb ik bezichtigd.

Ja, zei hij, hij lag precies op de plek die je had genoemd, Gerda, tegen het botenhuis van Holmgren aan. Hij moest zeggen dat hij nog nooit een fraaier vaartuig had gezien! Zo op het oog was de boot net geteerd, hij rustte op vijf grove palen en de riemen zaten in de dollen. Je hoefde hem alleen maar een paar meter te verplaatsen en dan kon je hem het water in schuiven en het meer op roeien! Het viel te overwegen hem met een stuk zeildoek te bedekken, want binnenkort zouden de zomerregens natuurlijk beginnen.

Godzijdank, zei Gerda, dat er iets bestaat dat bestendig is! Normaal gesproken vergaat alles immers, vooral hier in het binnenland van Västerbotten. Wat een zegen dat er iets concreets bestaat dat in stand kan blijven, zoals Jakobs boot!

Hij had, vervolgde Olof Helmersson, de tijd genomen om de boorden en de handgesmede klinknagels te bewonderen en de kiel die waarschijnlijk uit één gebogen sparrestam in vorm was gehakt. Om nog maar te zwijgen van het geheel, de fraai gebogen lijnen, de harmonische gelijkwaardigheid van voor- en achterplecht, alle details die bij elkaar genomen een onwrikbare soliditeit en standvastigheid schiepen. Hij moet wel bijzonder handig zijn geweest, die Jakob van jou.

Inderdaad, onbegrijpelijk handig, beaamde Gerda.

Aan de planken van de roeibank zag je duidelijk hoe rustig en gelijkmatig hij de schaaf had gehanteerd, en de spanten waren zo geschuurd en afgewerkt dat er geen spoor of groef van het mes of de zware blokschaaf te zien was. De hele boot was een kunstwerk, niemand

Publicatiereeks van het Norrlands Botengenootschap. Nr. 3

Boten en snipschuiten

voor rivieren en binnenwateren

Handboek voor zelfbouwers

E. Högstapel
C. Alborén

Umeå 1929

hoefde er nog aan te twijfelen dat Jakob familie was geweest van Torvald, de kunstenaar van Lauparberg.

Ja, Jakobs handen, zei Gerda, die waren onvergetelijk. Zij herinnerde zich niet alleen de handpalmen en de knokkels maar ook iedere vinger en iedere vingertop afzonderlijk. En de duimen, die breed en grof waren geweest, de koten omhooggekromd. Er was niets wat hij

181

niet met zijn handen kon doen, Jakob. Die handen waren sterk en volhardend geweest en tegelijkertijd soepel en voorzichtig. Ja, als man had hij met zijn handen diverse dingen gedaan die ze aan niemand zou willen opbiechten, zelfs niet aan haar zielzorger.

Ze wilde hem nog eens herinneren aan die aangelegenheid waarmee hij, Olof Helmersson, haar een van de komende dagen zou moeten komen helpen. Er zijn zelfs mensen, zei ze, die beweren dat het uitvoeren ervan beslissend is voor de eeuwige redding van de ziel en de hemelse gemeenschap met onze Heer en Verlosser.

Die avond konden Asta en Ivar en Olof Helmersson op tv zien hoe het ophalen van de Stockholmer in zijn werk ging. Het hele gebeuren was goed doordacht en aanschouwelijk gearrangeerd, het was op een bepaalde manier dramatisch, maar het had ook stijl en waardigheid. Het landschap rond de Linushoeve was gevoelig en mooi in beeld gebracht, de camera bleef speciaal even talmen bij een paar wilde eenden, ze leken iets te zoeken in de sloot die Linus langgeleden had gegraven, de wetering. Kristina's peultjes waren tot halverwege het latwerk opgeschoten. De journalisten waren opgesteld in de berm recht tegenover het hek, dat de Stockholmer inderdaad weer op zijn plaats had gekregen.

Ongelooflijk, zei Asta, dat een plek in deze omgeving het zo goed doet op tv.

De drie politieauto's kwamen aanrijden uit de richting van Rusksele, ze hadden wel hun blauwe lichten aan, maar niet de sirenes. Ze parkeerden bij de schuur, waarbij ze ervoor zorgden niet in de weg te gaan staan voor de tv-camera, vervolgens gingen twee politiemannen het huis binnen, dat kennelijk niet afgesloten was, misschien had de moordenaar opdracht gekregen de buitendeur niet op slot te doen. Na een poosje kwamen ze weer naar buiten, ze bleven op de buitentrap staan voor een groepsfoto. Ze hadden de Stockholmer tussen zich in, hij had zijn handen op zijn rug en er was een papieren zak over zijn hoofd geschoven.

Een onzichtbare reporter vertelde dat de hele streek al geruime tijd in angst en beven leefde, toch was het gebeurde als een schok gekomen. Iedereen voelde grote opluchting nu de dader was gegrepen. Een crisisteam was onderweg.

En de Stockholmer werd in een van de politieauto's gezet, ze reden achteruit en keerden bij het hek, bij hun vertrek lieten ze een paar seconden de sirenes klinken.

De reporter had ook een van de buren ontmoet. Als je tenminste van buren kon spreken in deze dunbevolkte streek.

Het was Gideon. Hij zat zoals gewoonlijk met zijn handen gevouwen en met de cd-speler voor zich, zijn gezicht was de hele tijd in close-up te zien, je zou bijna gaan denken dat hij in de camera keek.

Ja, zei Gideon, wij zagen allemaal dat er iets mis was. Als je tenminste ogen in je hoofd had, het was met het blote oog zichtbaar. We zagen allemaal hoe de onheilswolken zich opstapelden, je hoefde alleen maar naar die arme mensen te kijken. Het was aan hun gezichten af te lezen. Maar nu moeten we vooruitkijken, het is belangrijk dat we elkaar werkelijk leren zien.

Ja, zei Ivar toen het item was afgelopen, hij is goed, Gideon, hij sprak namens ons allemaal.

Er werd op de deur geklopt.

Het was de afgezant van de krant, de misdaadverslaggever uit Ragvaldsträsk. Hij had, zei hij, gehoord dat hier een ooggetuige te vinden was.

Nee, zei Olof Helmersson, de moord zelf heb ik niet gezien. Wel ben ik getuige geweest van de arrestatie. Die heb ik op tv gezien.

Misschien kunnen we toch even een kort interview houden?

Dat spreekt vanzelf, zei Olof Helmersson, daar heb ik waarachtig niets op tegen. Integendeel. Ik wil al heel lang in de krant aan het woord komen.

v = vraag, a = antwoord

v: Toen u bij het huis kwam had de moord dus al plaatsgevonden?

a: Ik kwam te laat. Ja, de gebeurtenis zelf ben ik misgelopen. Helaas. Ik zou anders een ideale ooggetuige zijn
geweest. Maar het lot heeft wel vaker gewild dat ik net
iets te laat kwam.

v: Te laat?

a: Ik ben tweemaal te laat naar deze streek gekomen.
Eerst heb ik zo ongeveer de hele bevolking bekeerd.
Dat had veel eerder moeten gebeuren. Vroeger waren
de zielen langer houdbaar. Ze waren al poreus en nuk-
kig aan het worden. Maar dat wist ik niet. En er waren
al andere krachten in beweging.

v: Welke krachten?

a: Dat weet ik niet. Maar toen ik terugkwam, was vrijwel
iedereen afvallig geworden. Of doodgegaan. Er waren
nauwelijks nog bekeerlingen over. Twee armzalige ge-
lovigen, dat is alles wat ik heb gevonden. Het is een
verschrikkelijke teleurstelling voor me.

v: Dus u bent teruggekomen om nog een keer zo'n opwekkingsbeweging te beginnen?

a: Absoluut niet. Nee, integendeel. Mijn bedoeling was de hele streek van de ellende van de bekering te bevrijden. Ik zou de waarheid kunnen verkondigen. Maar dat was dus niet nodig. De bevolking was zelf al op de bekering teruggekomen. Op twee gevallen na, zoals ik al zei.

v: Heeft dit iets met de moord te maken?

a: Nauwelijks. Zulke verbanden bestaan überhaupt niet. Alle gebeurtenissen zijn pure toevalligheden. Niets heeft met iets anders te maken. Ik ben dankbaar dat ik nu de gelegenheid krijg om dat in de krant te zeggen.

v: Maar toen u destijds het binnenland van Västerbotten bekeerde, geloofde u toen wel dat de meeste dingen met elkaar samenhingen?
Hoort u die parelduiker daarginds op het meer?

a: Ja, ik hoor wel een of andere vogel.
Ik geloofde echt dat alles ergens van afhing. Oorzaken. Gevolgen. Bedoelingen. Schuld. Zin. Begin. Eind. In die tijd konden we ons ik weet niet wat inbeelden. Nu is alles anders.

v: En wat nu?

a: Ik heb over een heleboel zaken nagedacht. Tientallen jaren lang. Voornamelijk in Umeå. Ik had gehoopt de boodschap aan het binnenland van Västerbotten voor te kunnen leggen. Als ik op tijd was gekomen. Ik had vergiffenis willen krijgen voor al die domme dingen.

God en Jezus en het hemelrijk en de verzoening en
het Boek des Levens en de opstanding en de Geest en
de terugkeer op de wolken des hemels. Niet één feit
van betekenis. Ik zou nog steeds de mensen met me
hebben kunnen meeslepen. Als die mensen er maar
geweest waren.

v: Ik geloof eigenlijk dat het een roodkeelduiker is. Ka ka
ka ka. Ja, het moet een roodkeelduiker zijn.
Maar wat die moord betreft, daar weet u dus niets
van?

a: U zou zich aan de hoofdzaken moeten houden. Nu u
in de gelegenheid bent mij te interviewen. Ik zou alles kunnen uitleggen. Maar er is niets uit te leggen.
We spraken over bekeren. Bent u bekend met het bekeren?

v: Mijn grootvader heeft het woord weleens genoemd.
Maar toen had hij al aderverkalking. Dat was dus het
idee achter uw bedrijf, zeg maar? Dat bekeren?

a: En het eeuwige leven. Alle mensen hebben bepaalde
bezwaren tegen de dood. Ze hebben er iets op tegen.
Ik beloofde de mensen in Västerbotten dat ze eeuwig
zouden leven. Ik werd gedreven door een tomeloze behoefte om onafgebroken tegen de dood en de vernie-
tiging ten aanval te trekken. In feite kon ik natuurlijk
niets bewijzen. Maar ik geloofde. Niemand kon onverschillig blijven bij de kracht en de hevigheid van mijn
geloof. En iedereen wilde op een grootser en waardi-
ger manier verdwijnen dan door de dood. De bevol-

king hier in de buurt was verbazingwekkend gemakkelijk te bekeren.

v: Onze jongere lezers zijn niet erg geïnteresseerd in de dood. Maar dit was dus het hoogtepunt van uw carrière?

a: Ik heb geen carrière gemaakt. Ik heb grote sprongen in mijzelf gemaakt.
Er brandt een rood lampje.
Is dat misschien het bandje?

v: Ja, het bandje is bijna afgelopen.

v: Welnu.
U vertrekt dus binnenkort weer?

a: Ik ga terug naar Umeå. De komende tien jaar zal ik me aan mijn memoires wijden. Verder zal ik wel zien.

v: U voelt zich niet aan deze streek gebonden?

a: Ik moet toegeven dat je diep van binnen nooit afscheid kunt nemen van deze omgeving. Die grandioze schoonheid! De trotse historie, hier heeft koning Karel de Vijftiende de gelukkigste tijd van zijn leven doorgebracht! De voorname, fiere mensen met hun kunstzinnigheid en muzikaliteit en met hun vaardige handen! Bij het meer daarginds ligt een boot die een van de zonen van deze streek zestig jaar geleden heeft gebouwd, prachtig en nog als nieuw, die boot zou in de krant moeten komen!

v: Maar het christendom is dus wel zo ongeveer uitge-
roeid?

a: Ja, gelukkig wel! Dat was gewoonweg al te armzalig en
simpel om als levensbeschouwing te kunnen dienen.
Vooral in de schrale omgeving hier. Het christendom
was de kitsch van het leven. Een allegaartje van alles
wat niet bestaat en ook niet kan bestaan! Maar we mogen niet vergeten dat God wel heel lang heeft bestaan,
het is heel goed mogelijk dat zijn wil nog steeds ge-
schiedt. Dat kunt u opschrijven.
Is dat soms van Canetti? Ja, het zal wel van Canetti
zijn.

v: En wat mist u nu het meest van alles wat er dus niet
is?

a: De verzoening.

v: U zei daarnet dat twee van de oude gemeenteleden
nog steeds gelovig zijn?

a: Twee vrouwen. Halsstarrig en stijfkoppig. Ik heb hen
beiden innig lief. Maar met enig geduld en een paar
trucs die ik in mijn jeugd heb geleerd krijg ik ze op
den duur wel waar ik ze hebben wil!

v: Dit is misschien voldoende? Hartelijk dank voor dit
gesprekje.

a: En vergeet niet hoe ik heet. Ik ben Olof Helmersson.
Ik sta zelfs in een naslagwerk.

Voor het eerst in zijn leven maakte Olof Helmersson deeg. Het tarwemeel kreeg hij van Asta, het water haalde hij uit de kraan in de keuken, verder had hij niets nodig. Op het houten blad dat Asta voor hem klaarzette kneedde hij het deeg. Terwijl Ivar verstrooid in een nieuw boek over veranderingen in het verspreidingsgebied van de Norrlandse eland bladerde en er op de radio een voetbalinterlandwedstrijd woedde, rolde hij het deeg steeds opnieuw uit, ten slotte was het deeglapje bijna doorschijnend.

En onwillekeurig was Asta nieuwsgierig en stelde voorzichtige vragen. Maar hij zei alleen dat het iets voor Gerda was dat hij bakte, iets bijgelovigs, een brood waar ze doorheen zou kunnen kijken, dat wilde ze al heel lang hebben.

Vervolgens bakte hij het deeg in de oven op een temperatuur van honderdvijfenzeventig graden, toen het brood een mooi geel oppervlak had en er piepkleine bobbeltjes op begonnen te komen, haalde hij de bakplaat eruit en zette het brood op het aanrecht om af te koelen.

Daarna vroeg hij om een fles wijn, een simpele wijn

was goed genoeg, rood of wit, misschien de fles die Asta voor soep of stoofpotten gebruikte.

Nee, zei Ivar, wij kopen nooit wijn, wij hebben in deze streek niet echt wijn leren drinken, dat ligt ons niet zo.

Nee, zei Asta, zelfs Torvald niet, terwijl die toch kunstenaar is.

Maar een fles brandewijn hebben we wel altijd in huis, zei Ivar. Je kunt nu eenmaal nooit weten.

We hebben er zelfs twee, zei Asta. Een van ons. En een van Eberhard.

Ze gingen aan de keukentafel zitten om de flessen te bestuderen. De etiketten waren niet hetzelfde. Ze waren allebei zachtgroen met de naam Oude Norrlandse Aquavit in forse rode letters. Maar op Ivars fles was de afgebeelde waterval er een zoals niemand in Västerbotten ooit had gezien, wit schuim dat steil omlaag stortte zonder bijzondere vorm of kenmerken. En de simpele informatie dat de drank van cellulose was gemaakt, ontbrak.

Ik ben vast om de tuin geleid, zei Ivar. Dit is een vervalsing uit Zuid-Zweden.

Op Eberhards fles daarentegen was de waterval echt, het was ongetwijfeld een van de vallen van de Vindelrivier, misschien zelfs die bij Vormsele of Mårdsele.

Je kunt bijna de vlagzalmen in de kreek zien, daar bij de stenen, zei Asta.

De fles was open, iemand had er een paar centiliter uit gehaald.

Hij had natuurlijk pijn op het laatst, zei Ivar. Dan probeer je van alles.

Deze brandewijn is uitgevonden door de koning, zei Asta.

De koning? zei Olof Helmersson.

Koning Karel natuurlijk, zei Asta. De Vijftiende.

Hij schijnt voortreffelijk te smaken bij vis, zei Ivar.

Olof Helmersson hoefde niet lang na te denken. Wijn of brandewijn, zei hij, wat maakt het uit?

Dit product was ook nog eens veelvuldig gezuiverd, terwijl wijn niet eens gedestilleerd was. Dat het Eberhards fles was betekende ook iets, Eberhard de leider van de gemeente, in zekere zin was dit een brandewijn van de gemeente. Alles, heel deze belachelijke aangelegenheid, werd alleen maar nog beter, nog doorschijnender, nog vrolijker en nog belachelijker dankzij deze barnsteenkleurige alcoholische drank. De dwaze zonde die Gerda met zijn hulp zou begaan werd nog afgrondelijker, deze zonde zonder absolutie en terugkeer, de zonde tegen de rechte leer, ja, misschien zelfs tegen de Heilige Geest.

Ja, zei Asta, dat zal Gerda goed doen. Ze is altijd zo opgewekt geweest. In de oertijd schijnt ze de tombola in de kapel te hebben georganiseerd.

Eén ding is zeker, zei hij tegen de plaatselijke redacteur toen hij inderhaast even zijn benen wat rust gunde in het huis van Holmgren, straks is het met de gemeente hier helemaal gedaan. Je kunt een kort historisch overzicht maken. Honderd jaar godsvrucht. Een tijdperk gaat ten grave. Wij kijken terug op een merkwaardige periode in het leven van de streek. De wind der verandering heeft ook het binnenland van Västerbotten bereikt.

Ja, zei de plaatselijke redacteur, dat kan ik misschien wel doen. De centrale redactie houdt wel van dat soort dingen. En het is makkelijk op te schrijven.

Ik help je graag, zei Olof Helmersson.

Dank je, zei de plaatselijke redacteur. Maar ik moet om de objectiviteit denken. En het mag niet te lang worden.

Ik zal je het tijdstip meedelen, zei Olof Helmersson. Waarop we er definitief een punt achter zetten.

Het was bijna ochtend in Lauparliden, reeds waren de lijsters te horen, maar de huisvader en de adjudant van de koning zaten nog steeds in eenzaamheid aan de keukentafel. Boven op de oningerichte zolder hielp de majesteit de meiden en de huismoeder en de dochters een handje met het gereedmaken van de zomerbedden, het was al urenlang aan de gang, het strekken en vouwen van lakens, het instoppen van strozakken, het knopen van slopen.

Je ontkomt er niet aan, zei de boer van Lauparliden, over de koning en de drooglegging van het binnenland na te denken. Over hoe het komt dat hij er zo door gegrepen is.

O, zei de adjudant, Zijne Majesteit wordt door van alles gegrepen. Daarom dringt hij ook zo diep in de mensen door. Maar het gaat in de eerste plaats om de sloten, de sloten als fenomeen. De vochtige en donkere inkepingen in de aarde. De landlieden en de knechten die zich eroverheen buigen met hun werktuigen en met ritmische bewegingen hun werk doen. De ruige plaggen die zich openen en een strook slijmerige vloeistof onthullen. En de vruchtbaarheid die erna komt. Wij Stockholmers zien daar een grote, aangrijpende schoonheid in.

Maar wij die op de bodems van de sloten staan te graven en ons staan af te beulen, wij hebben die ko-

ninklijke blik niet. En in onze uitputting vragen wij ons
vaak af of ons geploeter enige zin heeft.

De toekomst voor het binnenland van Västerbotten
ligt in de sloten, zei de adjudant. Een enorm net van
sloten zal de streek bijeenhouden. Alle boerderijen en
mensen maken deel uit van de gemeenschap van de
sloten. Zoals Nederland zijn vaste vorm krijgt via zijn
kanalen, zo zal het binnenland van Västerbotten zijn
definitieve ordening en eendracht vinden in zijn sloten.

Heeft de koning dat gezegd?

Ja. Dat zegt de koning.

Gewatergolfd, mooi, klaar, lag Gerda in een halve slui-
mering. Toen hij haar kamer binnentrad, probeerde ze
haar hoofd van het kussen te lichten, maar dat lukte niet,
ze had haar handen over de bijbel gevouwen die op haar
borst lag. Het was de grote, zware uitgave uit 1920, die
met uitvoerige verklaringen en kaarten van het Heilige
Land en van de reizen van Paulus. Voordat Olof Helmersson ging zitten haalde hij het versleten en massieve
boek, dat haar ademhaling wel moest hinderen, weg.

Dus nu is het zover, zei ze.

Je hebt er zelf om gevraagd, zei Olof Helmersson. En
ik hoop dat we het voor elkaar krijgen.

Hij wist niet helemaal zeker, moest hij haar uitleggen,
of hij zich alle details van de procedure nog herinnerde.
De laatste keer is al zo ontzettend lang geleden, zei hij.
Vele formules en zinnen en passages hadden zich in zijn
hoofd over elkaar heen gelegd en waren met elkaar ver-
ward geraakt, er bestond een risico dat hij hier en daar
iets verkeerds zou zeggen, een of ander woord dat eigenlijk in een andere, wildvreemde gemeente thuishoorde

zou misschien de onbetwistbare zuiverheid van de leer binnensluipen. Dat moest ze hem dan maar vergeven. Ik ben ook zo jong niet meer, zei hij.

Dat geeft niet, zei Gerda. Het enige wat belangrijk is, is de substantie zelf.

Het geheugen is bedrieglijk, zei hij. Het houdt veel voor ons geheim. Maar plotseling kan het zaken onthullen die we helemaal niet willen weten.

Nu wil je dat ik mijn zonden ga opbiechten, zei ze. Daarom zeg je dat.

Als ik me goed herinner, zei Olof Helmersson, zouden we daarmee moeten beginnen.

De zon had haar kussen bereikt, hij deed het raam open en trok het rolgordijn omlaag. Er waren vandaag geen vogels te horen, misschien zou het eindelijk gaan regenen. In de keuken rinkelde de eierwekker die Asta had ingesteld om te laten weten dat het tijd was voor de medicijnen. Maar Gerda lette er niet op.

Ik heb er lang en breed over liggen denken, zei ze, maar ik kan me niet één zonde herinneren. Ik schaam me om het te zeggen, maar ik heb niet gezondigd. Dat is het nadeel van bedlegerig zijn.

De zonde is niet zo bijzonder als veel mensen denken, zei hij. Hij wordt enorm overschat. In feite is hij misschien wel iets heel anders dan wij denken.

Maar toch, voor de zekerheid, zei Gerda.

En Olof Helmersson zei: In de naam van de Vader en de Zoon en de Heilige Geest. De Heer zij met u.

De Heer zij ook met u, zei Gerda.

Daarna zeiden ze gezamenlijk de schuldbelijdenis op, voorzover ze zich die konden herinneren althans: Wees mij genadig, o God, naar uw goedertierenheid, delg mijn overtredingen uit naar uw grote barmhartigheid; was mij geheel van mijn ongerechtigheid, reinig mij van mijn zonde. Schep mij een rein hart, o God, en neem uw Heilige Geest niet van mij. Amen.

Hij stond op om in de keuken zijn tas te gaan halen, in de deuropening draaide hij zich om en sprak de woorden van vergeving uit: Gij die bidt om vergiffenis van uw zonden, aanvaard de verlossing volgens de belofte van de Heer: indien wij onze zonden belijden, Hij is getrouw en rechtvaardig, om ons de zonden te vergeven en ons te reinigen van alle ongerechtigheid. Amen.

En ze zuchtte: Amen!

Toen hij met de tas terugkwam, vroeg hij: Kunnen we de geloofsbelijdenis misschien overslaan?

Mij best, zei Gerda. Die is in ons geval toch zeker volkomen overbodig. God en Jezus kennen ons al eeuwen.

En hij zette de eenvoudige maaltijd klaar op het nachtkastje, het platte brood en de fles Oude Norrlandse Aquavit. Een glas had hij ook gehaald, een groot mosterdglas met een oor, met nog een rest van het etiket erop, misschien waren het twee gekruiste sleutels en het woord *sleutelmosterd*.

Moeten we niet zingen? zei Gerda. Ik meen me te herinneren dat we altijd zongen.

De gemeente was in die tijd groter, zei hij. Het zingen maakte bepaald indruk. Ons armzalige duet zou volstrekt niets toevoegen.

Daar heb ik niet aan gedacht, zei Gerda.

Nu vulde hij het mosterdglas met aquavit, ze draaide haar hoofd zo dat ze de fonkelende heldere vloeistof kon zien, ze glimlachte vol verwachting toen ze de klokkende geluiden uit de flessehals hoorde. God verheffe ons hart, mompelde ze. Hem alleen komt de eer toe.

Die nacht, zei hij toen, waarin de Here Jezus werd verraden en uit vrije wil zijn lijden tegemoet ging, nam Hij een brood, dankte u, o God, en brak het brood, gaf het aan zijn discipelen en zei: Neemt, eet! Dat is mijn lichaam dat voor u gebroken wordt.

Ja, zo is het, zei Gerda.

Evenzo, vervolgde Olof Helmersson, nam Hij na de maaltijd de drinkbeker der dankzegging in zijn heilige handen, dankte God, gaf aan de discipelen en zei: Drinkt allen hieruit. Dit is mijn bloed, dat voor u en voor velen vergoten wordt tot vergeving der zonden.

En hij zweeg even voordat hij op licht vragende toon zei: Dit is het mysterie van het geloof.

Red ons, Heer, redder der wereld, zei Gerda, door uw dood en opstanding hebt Gij ons verlost.

Het werd een zeer langzame en langgerekte avondmaalsviering, aangezien Gerda af en toe op adem moest komen en zich moest hernemen, ze had ook tijd nodig om een poosje haar ogen te sluiten en in gedachten en herinneringen te verzinken, hij pakte zijn grote witte zakdoek uit zijn borstzak en veegde haar voorhoofd droog voordat ze samen het Onze Vader opzeiden.

Toen ze allebei Amen hadden gezucht en hij haar had gezegd dat de vrede des Heren altijd met haar zou zijn, nam hij het brood van het nachtkastje, met zijn duimnagel lukte het hem een flintertje los te breken dat hij in zijn mond stopte en onder zijn tong verborg.

Lam Gods dat de zonden der wereld wegneemt, zei Gerda, ontferm U over ons.

Het lichaam van Christus, zei hij en hij hield het brood bij haar mond.

En ze deed werkelijk haar best, ze bracht zelfs haar hand naar haar kin en duwde en drukte en ze probeerde het week te maken met het puntje van haar tong, maar tevergeefs. Ten slotte moest ze wel zeggen: Nee, zonder mijn gebit lukt het me niet!

Toen pakte hij haar kunstgebit, dat in een zeepbakje naast de wekker lag en ging naar de keuken. Op het aanrecht vond hij een fles groene zeep, met de afwasborstel schrobde en borstelde hij lang en grondig, hij deed alles driemaal en spoelde het gebit af onder de waterkraan. Daarna ging hij naar haar terug en hielp haar het gebit op zijn plaats te krijgen. En nu kon ze het brood wel fijnmaken en in haar mond duwen, ze sloot haar lippen eromheen, haar ingevallen gezicht trok glad, het leek wel alsof ze in slaap viel. Hij zat stil op de houten stoel te wachten. Ten slotte, nadat de wandklok in de keuken een aantal keren had geslagen waarbij ze geen van beiden de moeite namen de slagen te tellen, bracht ze uit: Nu wordt het zachter. Dat zal wel komen doordat het harde brood bezig is in het vlees van het Lam te veranderen.

En na nog een hele poos begon ze te slikken, kleine beetjes tegelijk, ze wreef zich over haar kaak en streek en duwde met haar wijsvinger over haar strottenhoofd om het allemaal makkelijker te maken. Toen ze eindelijk het laatste verbrokkelde en week gemaakte stukje brood ophad, zei ze: Amen. En toen: Nu heb ik m'n gebit nooit meer nodig.

En ze hielpen elkaar het kunstgebit weer uit haar mond te halen en in het zeepbakje terug te leggen.

Daarna pakte hij het gevulde mosterdglas en bracht

het naar zijn lippen, die gebarsten waren door de zon en de warmte. Het schrijnde zo dat zijn gezicht ervan vertrok en zijn dorre, rimpelige wangen trilden. Gerda keek hem gespannen aan, ze dacht waarschijnlijk dat hij glimlachte van vreugde over de heilige drank, ze streelde voorzichtig zijn elleboog en zei: Zalig zijn zij die aan de maaltijd van het Lam zijn geroepen.

Met zijn ene hand tilde hij nu haar hoofd een beetje van het kussen op, met de andere zette hij het glas aan haar mond. Het bloed van Christus, zei hij. Amen, zei Gerda.

Ze nam een heel klein slokje, liet het over haar tong en naakte tandvlees glijden en in haar keelgat sijpelen. Nadat ze lang de nasmaak had bepeinsd, zei ze: Ik herinner me niet dat het sacrament zo sterk was. Je voelt echt hoe het invreet en alle zonden wegwast.

De scherpe lucht van alcohol verspreidde zich door de kamer, mogelijk enigszins gedempt door de geur van kummel, anijs, venkel en sherry.

Je moet alles opdrinken, zei Olof Helmersson. Je weet het, er mag geen druppel verloren gaan.

En ze deed werkelijk haar best. Het vergde nu eenmaal alle tijd die ervoor nodig was. Als hij haar hoofd optilde kon ze zelf het glas vasthouden, tussen de teugjes door pufte ze af en toe Amen. Tegen het eind ging het drinken steeds gemakkelijker, ja, ze dronk bijna gulzig. En voordat de slaperigheid de overhand kreeg zei ze: God, wij danken U!

Voordat ze in slaap viel zei ze nog, terwijl ze vergeefs probeerde op haar ellebogen te steunen: Nu heb ik zo'n kracht en verkwikking ontvangen dat ik graag weer zou opstaan, ja, ik zou me kunnen voorstellen weer van voren af aan te beginnen en mijn hele leven nog een keer door te maken.

Staande aan het voeteneind van het bed sprak hij vervolgens de zegen des Heren over haar uit. Het *Ga heen in vrede* liet hij maar achterwege.

Hij was al op weg naar buiten met zijn tas in zijn hand toen hij zich plotseling omdraaide en zich over haar heen boog, en met ingehouden adem vanwege de zure dampen van de alcohol kuste hij haar gelukkig glimlachende gezicht.

Die avond kon Ivar het niet laten te vragen: Had de brandewijn nog effect op Gerda?

Daar ben ik van overtuigd, zei Olof Helmersson. Hoewel ze dat zelf nog niet weet.

Wat sterkedrank betreft, legde hij aan Asta en Ivar uit, was de roes in feite van ondergeschikte betekenis. Van veel groter belang was de kater, alleen die was bestendig. Dronkenschap was in een oogwenk weer over, het was een onverschillige voorbereiding voor de kater, het was dan ook een kenmerk van dronkenschap dat de tijd zozeer werd verkort dat hij nauwelijks nog bestond, hij ging met razende snelheid voorbij, degene die dronken was lag een kort ogenblik in een cocon van tijdloosheid. Maar wanneer de roes voorbij was, in dit geval de roes van de avondmaalsviering, dan dienden zich een helderheid van geest en een scherpte van denken aan die men zich tevoren niet had kunnen voorstellen. Men werd overvallen door tot dusver onbekende inzichten, men doorzag de leugens waaraan men in zijn leven houvast had gehad, men kreeg moed om over zichzelf te oordelen. In de katterigheid en de haarpijn achteraf kwam de mens zijn ware ik tegen. Dan was het tijd voor afvalligheid, de gelovige werd opnieuw geboren en werd afvallig, men trad hulpeloos maar gelouterd de naakte, ontmantelde werkelijkheid binnen.

Dus nu, hierna, heb ik goede hoop wat Gerda betreft, zei hij.

D e volgende morgen was de regen gekomen, hij reed met Asta in haar auto mee naar Gideon, zij ging door naar Inreliden en Gerda. Bij Gideon was er niets veranderd.

Ik weet nog, zei Olof Helmersson, dat ik je iets beloofd heb. Maar ik ben vergeten wat het was. Er is van alles gebeurd, mijn geheugen is een beetje een chaos.

Ik ben op tv geweest, zei Gideon.

Ja, zei Olof Helmersson, dat heb ik gezien.

Ik heb het niet gezien natuurlijk, zei Gideon. Maar ik schijn wel goed te zijn geweest.

Binnenkort ga ik hier weg, zei Olof Helmersson, en dan kom ik nooit meer terug. Wat het ook is wat ik je heb beloofd, ik moet het doen. Het is beter om niets te beloven dan om beloften te doen die je niet nakomt, zegt de Prediker.

Je hebt mij niets beloofd, zei Gideon. Wij hebben nooit beloften van jou willen hebben, Olof Helmersson. We hebben sowieso nooit iets van je willen hebben.

Nee, vervolgde hij, zelfs om het soort bekering waar hij langgeleden mee was komen aanzetten hadden ze hem nooit gevraagd. Die bekering die hem, Gideon, strikt genomen blind had gemaakt. Evenmin hadden ze hem om accordeonmuziek gevraagd. Die was op de radio overigens veel beter en bezielder. En om onderricht in het tandenpoetsen hadden ze ook nooit gevraagd. Wij waren tevreden met tandarts Lundberg in Bjurträsk, zei hij, en met de kunstgebitten die hij maakte. En al die bijeenkomsten waarover hij op iedere melkbussentafel in de omtrek aanplakbiljetten had gehangen, zomerbijeenkomsten en gebedsbijeenkomsten en dankzeggingsbijeenkomsten en oogstfeesten en offerbijeenkomsten voor de zending in Afrika, al die bijeenkomsten dus waarop hij hen min of meer had gedwongen te komen. Een hoogmis af en toe, dat was eigenlijk alles wat een mensenziel nodig had. Hij had hen er zelfs toe verleid met z'n allen op de Volkspartij te stemmen, dat klopte toch?

Ja, de Volkspartij.

Alles welbeschouwd had hij toen al, heel lang geleden, een onrust en gemoedsbeweging en opwinding veroorzaakt waar de streek nooit om had gevraagd.

Ja, zei Olof Helmersson, dat is mijn schuld, mijn grote schuld.

Maar, voegde hij eraan toe, dat jij je gezichtsvermogen kwijt bent, dat kun je mij toch niet aanrekenen.

Nou ja, zei Gideon, je moet dat niet zo serieus nemen, die blindheid. Blind zijn is helemaal niet zo erg als de mensen denken.

Wat hem betrof, hij was er niet van overtuigd dat zijn blindheid werkelijk noodzakelijk was. Maar hij was eraan gewend geraakt, de blindheid was een deel van zijn natuur geworden. Hij kon hier aan de keukentafel zitten, niemand verwachtte iets anders van hem, iedere morgen als hij wakker werd borrelde hij inwendig van geluk dat hij straks aan tafel zou kunnen gaan zitten. Blind zijn, zei hij, dat is als wonen in een grot waar het donker en warm en zonder zorgen is.

Bedoel je, zei Olof Helmersson, dat je blindheid vrijwillig is?

Nee, zo ver wilde Gideon niet gaan. Daarentegen beweerde hij dat het zien wel vrijwillig was.

Hij zag er net zo uit als tijdens de nieuwsuitzending op televisie. Zijn ogen waren op Olof Helmersson gericht, zijn handen lagen op het tafelblad voor hem, in de kuiltjes die ze in de grenen planken hadden gesleten. Het pannetje met zijn warme maaltijd voor die dag stond op het aanrecht.

En waar ben je dan vooral blij over dat je het niet hoeft te zien? zei Olof Helmersson.

Alles wat er niet meer is, zei Gideon. Alle dingen en mensen die voor eeuwig weg zijn. Isabella die achter de kinderwagen loopt. Gerda en haar dochtertje. Jakob en die vent uit het Gudbrandsdal met zijn platte wagen. Alle aanplakbiljetten over bijeenkomsten op de melkbussentafels. De kleine kinderen met hun lunchpakketten in hun rugzakken. De melkauto. De onderwijzeres die bij Torvald op de bovenverdieping woonde. Van haar schijnt hij ook een beeld te hebben gemaakt. De posttas aan de paal achter de kapel. De nakomelingen van Elis van Lillåberg. De nieuwe akkers waar de mensen van Lauparliden tevergeefs haver hebben gezaaid. De geul voor het vlotten van boomstammen in de rivier.

Al die dingen, zei Gideon, hoef ik niet meer te zien.

Maar ga je dan nooit naar buiten? vroeg Olof Helmersson. Heb je alles verworpen wat zich niet binnen je vier muren bevindt?

O jawel, het gebeurde weleens dat hij naar buiten ging. Op sommige dagen was de wereld gewoon te aanlokkelijk en verleidelijk voor hem. Om niet te zeggen onweerstaanbaar. Dan ging hij naar buiten. Helemaal zonder spanning en avontuur kon een mens niet leven, zei hij. Na zo'n dag wist je je keukentafel dan ook weer te waarderen. En je houtfornuis.

Hij spreidde zijn armen voor zich uit en maakte een paar onzeker wijzende en wuivende bewegingen met zijn handen in verschillende richtingen. En hij trappelde met zijn voeten op het oude gebarsten linoleum op de vloer.

Dan ga je dus met je witte stok de weg op? zei Olof Helmersson.

Nee, zei Gideon, nooit de weg op. Als je hier was gebleven met je accordeon en je aanplakbiljetten, als je niet was weggegaan, dan had je mettertijd bijna een van ons kunnen worden. Dan zou je nooit gedacht hebben dat ik de weg op zou gaan.

Ik ben altijd een buitenstaander geweest, zei Olof Helmersson. Wie predikt, moet erbuiten staan. Of erboven. Tegenwoordig zit ik op de tiende verdieping in Umeå buitenstaander te wezen. Je kunt er misschien de zee zien. Ik ben een buitenstaander en een bovenstaander. Dat is mijn roeping.

Nee, vervolgde Gideon, nog steeds krachtig zwaaiend met zijn armen en handen, je zou toch echt moeten weten dat je om hier de weg te willen vinden, niet op de wegen kunt vertrouwen. Wij hebben nooit echt vertrouwen gehad in de algemene wegen. En in de dienst wegbeheer.

Ik fiets zo goed als ik kan over de wegen, zei Olof Helmersson.

Wat hem aanging, zei Gideon, hij vertrouwde vooral op de sloten. De sloten in de moerassen en die in de bossen die vaak op de sloten van de landwegen en op de grenssloten uitkwamen. Als je je aan de sloten hield, kon je nooit verdwalen.

Sinds mensenheugenis, zei hij, zijn het de sloten geweest die deze streek bijeenhouden.

Gerda wacht op mij, zei Olof Helmersson. Ik moet weg. Ze heeft nu nog maar één dag te gaan.

Achter de houtschuur begint de sloot naar Inreliden, zei Gideon. Als je bij de grote sloot bij de Linushoeve komt ga je rechtsaf. Daarna alleen nog maar rechtdoor. Als je wilt kun je een poosje uitrusten op het rotsblok dat Elis van Lillåberg aan de voet van de Handskberg heeft opgetild.

De regen was opgehouden. De sloot naar Inreliden was gemakkelijk te vinden, hoewel de kanten niet gemaaid waren, wilgestruiken en dwergberken hadden zich verspreid tot aan het smalle waterstroompje op de bodem van de sloot. Hij had vandaag niets te dragen, geen tas en geen overjas, hier en daar waren de restanten van een pad zichtbaar dat langgeleden was platgetrapt op de afgegraven keileem en de moerassige grond.

Hij nam inderdaad even een pauze op het rotsblok van Elis. Langs de ruwe kant die op het westen uitzag kon je omhoogklimmen, vandaar had je vrij uitzicht over het Lidmoeras. Een eenzame kraanvogel stond doodstil met geheven kop onder hem.

Na anderhalf uur was hij er. Weliswaar had een tak

van een omgewaaide boom een grote scheur in zijn colbert gemaakt en zaten zijn schoenen vol geel water uit
de drassige grond, maar hij was er.

Asta was dus al geweest. Toen zij kwam, sliep Gerda nog,
ze lag op haar zij met haar duim in haar mond. Maar ze
werd onmiddellijk wakker en vroeg om water, niet om
één glas maar om twee.
    Je krijgt onbegrijpelijke dorst van het avondmaal, zei
ze.
    Daarna at ze met smaak van de romige aspergesoep.
En ze besprak de toekomst met Asta, de toekomst die zo
schraal en onaanzienlijk was dat ze met het blote oog
niet te zien was, en wat er nog moest worden gedaan.
Speciaal één aangelegenheid moest Asta nog regelen.
    Daarna gaat het allemaal van een leien dakje, zei ze.
    En Asta moest aan Edvard Larsson van Brännberg
denken. Het was minstens veertig jaar geleden dat die
was overleden. Maar het was niet onmogelijk dat ze het
gevraagde daar kon vinden. Zogezegd vergeten en ach-
tergelaten. En Edvards tbc-bacteriën waren inmiddels allemaal wel dood natuurlijk.

Arme stakker, zei Gerda toen Olof Helmersson haar huis
binnenkwam. Wat sloof je je toch voor me uit!
    Ik ben via de sloten gekomen, zei hij. Het was wel een
beetje nat van de regen.
    Ja, die kende ze, de weg via de sloten, die had ze tal-
loze keren genomen, wij voelden ons daar beter thuis
dan op de zandweg, zei ze. Maar eigenlijk moest hij al
die moeite en inspanning liever achterwege laten, vond
ze. Ook hij was immers eigenlijk een oud mens.

Nee, zei hij, oud ben ik niet. Maar af en toe begin ik weleens vluchtig over de ouderdom na te denken.

Ik was vannacht net een klein kind, zei Gerda. Het lijkt bijna alsof ik opnieuw geboren ben, terwijl ik nooit afvallig ben geweest. Het sacrament is iets buitengewoons. Het is pure medicijn.

Je ziet er ontegenzeglijk sterk en welvarend uit, zei Olof Helmersson. En mooi ben je altijd geweest.

Zou je denken dat ik me nog een avondmaal zou kunnen veroorloven? zei Gerda.

Nee, zei Olof Helmersson, dat avondmaal dat jij hebt gehad, is geldig tot in eeuwigheid. Met de smaak van dat avondmaal in je mond zul je voor de poort van jaspis en goud komen te staan. Om het zo maar eens te zeggen.

Ja, zei ze, dat zal wel lukken, ik proef de smaak nog. De nasmaak.

Morgen, zei hij, kom ik voor de laatste keer. Ik heb mijn plichten. Op de tiende verdieping in Umeå. En bij jou valt er voor mij nu niets meer te doen.

En Gerda zei dat zij haar plichten ook voelde. Of welgeteld de enige plicht die haar nog restte. Hier zou niemand de ander in steek laten, hij had haar niet in de steek gelaten en zij zou hem niet in de steek laten.

Ze keerden voor korte tijd terug naar de lang vervlogen tijd dat ze elkaar hadden leren kennen, het al te verre verleden, de tijd van de gebedsstonden en de zangvereniging en de nabesprekingen en de bijbelstudies en de naaikransjes.

Ik wist niet dat jij destijds de tombola in de kapel organiseerde, zei hij. Of ik was het vergeten.

Jazeker, zei ze. De tombola. Daar hebben we wat mee afgelachen. En het gaf ook veel om over na te denken.

Het tombolaspel was natuurlijk niet helemaal vrij van zonde, zei Olof Helmersson. Ik neem aan dat ik het toestond vanwege het goede doel.

Zo erg was het niet, zei Gerda. Aan de ene kant was die tombola er gewoon voor ons plezier. Aan de andere kant was het bij de trekkingen natuurlijk Gods wil die geschiedde.

Ze schoot zowaar bijna in de lach om een van de herinneringen die onverwachts bovenkwamen: het eerste weekeinde nadat Gideon blind was geworden had hij een vogelkijker gewonnen. Kostelijk!

Asta repareerde de scheur in Olof Helmerssons colbert. In het nachtelijke licht van het slaapkamerraam zat ze te rijgen. Met de zwarte draad in haar mond en de naald tussen haar vingertoppen zei ze: Mensen die gaan sterven leven vlak voor het einde altijd op. Zo was Gerda vandaag.

Ja, zei Olof Helmersson, ik heb het ook gemerkt.

Ze wil dat jij bij haar komt zitten, zei Asta. De laatste uren.

Ik kan haar niet helpen, zei Olof Helmersson. Ik heb het wel geprobeerd.

Ja, zei Ivar, Gerda is onverbeterlijk. Zo zijn wij.

Ze heeft een verrassing voorbereid, zei Asta en ze maakte een knoopje in de draad. Bijna als voor een verjaardag.

Het liefst, zei Ivar, zouden wij helemaal niet dood willen gaan zoals de anderen.

Nu al begon Kristina's groentetuin te verwilderen en overwoekerd te raken door gras, zo vruchtbaar was de grond bij de Linushoeve. Olof Helmersson hield een korte pauze in de stilte en eenzaamheid op het trapje bij de deur waar de Stockholmer altijd had gezeten, hij had een paar radijsjes die hij tussen de herik en de paardebloemen en de muur had gevonden uit de aarde getrokken. Maar ze waren intussen houtig en oneetbaar geworden.

Hij maakte geen haast, hij scheen deze laatste dag alle tijd van de wereld te hebben. Ook bij de plaatselijke redacteur in het huis van Holmgren had hij een poosje uitgerust, het slotstuk over de drooglegging in de negentiende eeuw was hem opgedrongen. Hierna komt er niets meer, had de schrijver gezegd. En Olof Helmersson had het papier opgevouwen en in de zak van zijn colbertje gestoken.

In Inreliden was alles gereed. Op het nachtkastje stond een boeket ooievaarsbekken en koekoeksbloemen en boterbloemen, Asta had zelfs een kransje gevlochten van de rode, gele en paarse bloemen en dat met spelden in de dunne sliertjes haar op Gerda's hoofd vastgezet.

Asta was er ook in geslaagd de verrassing die Gerda had bedacht voor te bereiden. In Brännberg, in het huis met de betimmerde wanden dat Edvard Larsson had nagelaten, stond die verrassing in de kastruimte onder de trap.

Wanneer is Edvard gestorven? had ze gevraagd.

In 1954, zei Elisabet van Brännberg.

Ze had de verrassing schoongewreven met de stofdoek en ook het gordijnmondstuk van de stofzuiger gebruikt. Het kleine zilveren beslag had ze met Bistro Sterling opgepoetst. Nu stond het ding in de zon te glanzen op de klaptafel bij het raam in de keuken.

Het afgelopen etmaal was Gerda's stem nog zwakker en dunner geworden dan eerst, Olof Helmersson moest zich diep over het bed buigen om te verstaan wat ze zei. Ze zei het zelf: ze was bezig het praten af te leren, aan gene zijde, in Het Andere Land waar ze naar op weg was, daar zou ze alleen haar zangstem nodig hebben.

Maar ze had nog een vraag aan hem, een laatste, en er was haar stervensveel aan gelegen dat ze zijn antwoord nog zou horen: Word ik verwacht, is er plaats voor mij bereid, staat het hek naar de straten van goud voor mij open? En staat hij met uitgespreide armen klaar om mij te omhelzen?

Wie? zei Olof Helmersson.

Maar haar stem was zo zwak dat hij de tweelettergrepige naam niet goed kon verstaan. Jezus? Of Jakob?

Na een poosje richtte Olof Helmersson zich op, het is mogelijk dat hij werkelijk van plan was antwoord te geven, dat hij haar ten slotte de naakte waarheid wilde onthullen. Maar zij was hem voor.

Het kostte haar veel tijd en veel keelgeschraap en vaak

opnieuw beginnen om hem te vertellen wat ze hem duidelijk had horen zeggen, maar ten slotte had ze het toch geformuleerd: Alles is gereed. Je bent schoongewassen in het bloed van het Lam. De engelen en serafijnen staan voor de troon op je te wachten. Het hemelse feestmaal is opgediend. Gods genade duurt eeuwig. Ga in de vrede van de Heer.

Maar nog steeds, zei ze, was ze met één enkel breekbaar en dun draadje aan het aardse gebonden. Het betrof haar uiterste wil. Het was noodzakelijk dat die op schrift werd gesteld.

En Olof Helmersson haalde een stuk papier te voorschijn, het was het velletje papier dat de plaatselijke redacteur hem had opgedrongen, de allerlaatste regels over de koning en het graven van de sloten, en op de achterkant schreef hij Gerda's testament. Hij ondersteunde haar pols, zodat het ook nog werd ondertekend.

Na die inspanning lag ze lang stil met gesloten ogen, hij wiste het zweet van haar voorhoofd. Maar na een kwartier of een half uur draaide ze haar hoofd een beetje en richtte haar blik op hem en verklaarde dat het nu hoog tijd was voor de muziek.

En dit waren waarschijnlijk de allerlaatste woorden die Gerda van Inreliden uitsprak: Wij zijn altijd afhankelijk geweest van de muziek.

Toen ging Olof Helmersson naar de keuken om het instrument te halen dat Asta had opgehaald, de accordeon die Edvard Larsson tot op het laatst had bespeeld, die hij op een onbegrijpelijke manier had laten ademen en klinken in Brännberg, nog lang nadat de lucht in zijn eigen aangevreten longen zo goed als op was.

Testament.

Hiermee verklaar ik, Rut Gerda Lundmark van Inreliden, dat dit mijn laatste wil is: al mijn bezit, met de hieronder aangegeven uitzonderingen, zal toevallen aan de gemeente van deze streek tot welke ik sinds mijn bekering heb behoord.

De wandklok in de keuken krijgt Asta van Neder-Arabäck. Mijn bijbel met verklaringen van P.P. Waldenström geef ik aan dominee Helmersson als dank voor het feit dat hij mij heeft bekeerd.
Jakobs boot in het Aramees kan Gideon nemen. Om te gaan roeien waarheen hij maar zin heeft.

Inreliden, 25 Juni 2007
Gerda Lundmark
getuige
Olof Helmersson

En hij ging op de keukenstoel bij Gerda zitten, zette de accordeon op zijn knieën en trok de leren riemen over zijn schouders.

In het begin bewogen zijn vingertoppen aarzelend en onzeker over de knoppen, maar algauw begonnen ze zich helemaal vanzelf te herinneren hoe ze zich moesten gedragen, Olof Helmersson scheen zich niet te hoeven inspannen om de melodielijnen en de akkoorden op te roepen. Algauw sloten ze allebei de ogen, hun monden stonden halfopen, ze werden overspoeld door de volheid van de welluidende klanken:

O zalige geheimenis. Vertrouw maar op deze beloften. De wilde eend. Jeruzalem, Jeruzalem, gij arme. Ooit, lang-

geleden was ik jong. Slechts een dag. Zie de rivier zo stil
en schoon. Denk aan allen die daarginds elkander zullen
wederzien. Moeder, lieve moeder, wie is toch als gij. Mijn
verlosser zit aan mijn zijde. Ik ben een vreemdeling, een
pelgrim. Ergens tussen alle schaduwen staat Jezus. Kom
in mijn armen, dan dansen we een wals.

Hoelang speelde hij, hoelang werd dit ene organisch
aaneengevlochten stuk dat hij voor Gerda schiep, haar eigen postludium, gerekt? Niemand die het weet, het was
nu eenmaal een situatie waarin de tijdrekening geen enkele betekenis meer had. Maar toen hij besluiteloos met
zijn vingers zocht naar de overgang tussen de toonsoort
van de *Wals op Kostereiland* naar die van *Ik heb gehoord*
van een stad boven de wolken, deed hij vlug even zijn ogen
open en toen merkte hij dat zij niet langer ademde. En
met een schril vals en onverschillig akkoord, een laatste
vermoeide uitademing van de accordeon, zette hij hem
terug op de vloer.

Toen pakte hij Gerda's gebit en borstelde het opnieuw
met groene zeep onder de kraan in de keuken. En hij
zette het voorzichtig op zijn plaats in haar mond en sloot
haar ogen, die opengegaan waren. Hij herinnerde zich
ook het vierkante pak in de la van de ladenkast, Gerda's
laatste geschenk aan de gemeente. Op weg naar buiten
deed hij het glazen deurtje van de wandklok open om de
slinger stil te zetten.

Toen hij bij Marita kwam was haar werkdag afgelopen,
ze zat op de omgekeerde waterkuip bij het trapje haar
avondmaal te eten.

Wil je proeven, papa? zei ze. Het is worst van lams-
bloed.

Maar hij had geen honger, alleen maar dorst. Toen hij water had gekregen zei hij: Nu ben jij leider van de gemeente, Marita.

En ze scheen onmiddellijk te begrijpen wat er was gebeurd. Wanneer is ze gestorven? vroeg ze alleen.

En in één adem door: Heeft ze het zwaar gehad?

Ze is ingeslapen, zei Olof Helmersson, ergens tussen *Ik ga slapen, ik ben moe* en *Vrij als een vogel in de lucht* van prins Gustav. Of midden onder *Maneschijn boven de Ångermanrivier.* Ik weet het niet.

Goddank dat ze eindelijk thuisgekomen is, zei Marita.

Nee, zei Olof Helmersson. Ze is niet thuisgekomen. Ze is volledig uitgewist.

Vervolgens legde hij het baksteenachtige en zorgvuldig ingepakte pak op haar schoot.

Dit, zei hij, is Gerda's erfenis. Haar offer aan de gemeente.

De gemeente? zei Marita.

De gemeente ben jij, zei Olof Helmersson.

Met de schapenschaar knipte Maria het henneptouw door en ze maakte het vergeelde exemplaar van *Norra Västerbotten* open. De biljetten die stevig verpakt waren geweest rolden eruit en vulden haar schoot en bord, waarop alleen nog het velletje van de bloedworst lag. Lange tijd bleef ze verstomd zitten. Ook Olof Helmersson vond geen juiste en passende woorden om te zeggen, vanuit de wei klonk het belletje van het schaap, het pas gemaaide gras rond de aalbessenstruiken geurde, de biljetten ritselden zachtjes op de tocht die langs de muur van het huis trok. Ten slotte zei Marita: Het is onbegrijpelijk wat een zegen zo'n eenvoudig en pover mensenleven als dat van Gerda toch nog kan zijn.

Het moment van afscheid was aangebroken. Iedereen stond opgesteld op de helling die afliep naar het Långven, het hof dat zijn opwachting maakte en de overheidspersonen en de prelaten en de officieren en de wacht en de hofschilder, professor Boklund. De tent was afgebroken, de karren waren beladen, de paarden opgetuigd en opnieuw beslagen. Vooraan zat de koning in zijn rijkversierde zadel. Verder op de helling had het volk zich verzameld. Onder leiding van de cantor van Heden voerden ze een plechtig zangstuk op dat het provinciebestuur voor dit doel had laten componeren:

> *Trotse hoogten, diepe dalen*
> *schone bossen – zie ze aan!*
> *Zie ze als rijkversierde zalen*
> *onder de avondhemel staan.*
> *Van de bergkam storten stromen*
> *zich omlaag met zilv'ren pracht,*
> *wijl het noorderlicht daarboven*
> *opvlamt in de sterrennacht.*

In zijn afscheidsrede riep de koning de zegen van God en de rijksoverheid af over het binnenland van Västerbotten.
En hij reciteerde met bronzen stemgeluid een strofe uit een gedicht dat hij de afgelopen nacht had geschreven:

Verdwijnt, gij mistige oevers!
Een kermend gesticht is de wereld.
Ik verlang naar zaliger oorden,
naar het zalige koor der heiligen.
Voer mij weg uit het dal van het kwaad,
weg van dwalingen en ijdel vertoon,
naar de plaats in 't licht van de ether,
waar de hemelse liefde woont!

Toen vertrokken ze, de hele karavaan, Zijne Majesteit reed voorop op zijn witte ros, ze volgden de grote sloot tussen het Långven en Kvammarn.

Het volk bleef achter, voor hen lag de maand van de bosbessenpluk en het hooien en de zeggeoogst. En de tijd van de kleine marene en het vlasbraken en de uitgebleven maandstonden.

V roeg in de ochtend zou hij vertrekken. Hij zou op zijn blinkend witte fiets stappen en de heuvel af- rijden. Zijn laatste schuld aan Asta en Ivar was betaald, een paar extra kronen voor de wilddelicatessen en de nieuwe matras. Hij moest van veel afscheid nemen: het huis van Eberhard en het predikantenbed zelf, de wete- ring die een stuk langs de weg liep, het uitzicht hier en daar op de Avaplas, de zandafgraving waar hij zo nu en dan even gerust had, de Avabeek, de kraanvogel in het Lidmoeras, ja, heel het majesteitelijke landschap. Hij zou af en toe even stoppen om naar de vogels te luisteren en naar de waterratten te kijken op de plaats waar de twee moerassloten in de wetering uitkwamen, de sloot die bij de Linushoeve begon. Zijn koffer zou hij op de bagage- drager hebben vastgesjord, om zijn hals zou hij alleen een lichtblauwe sjaal dragen die Asta had gehaakt, op de revers van zijn colbert zou de geëmailleerde erespeld van de noordelijke provincies prijken, Ivar had een hele doos gekregen met de post.

Maar hij zou niet de kortste weg kiezen. Hij moest van nog een paar zaken afscheid nemen.

Nadat de chauffeur de vouwfiets in het bagageruim had geplaatst zou hij zeggen: Zo, ben je nu klaar met wat je te doen had?

Ja, zou Olof Helmersson zeggen. Nu is er niets meer te doen.

Hij zou niet alleen in de bus zitten. Op de zitplaats voor invaliden zat een baardige, diep ineengezonken gestalte in een beige colbert en een losgeknoopt overhemd. Hij las in een Duits boek, *Den Traum alleine tragen* door Gottfried Benn. Het was de oude schrijver die was weggetrokken maar nu een tijdlang logeerde in de schuur van Alexander Boman om een laatste roman over deze streek te schrijven.

Hij was op weg naar de drankwinkel in Lycksele.

Ik ben Olof Helmersson, zei Olof Helmersson. Ik heb onlangs kennisgemaakt met een voortreffelijke brandewijn. Een streekbrandewijn zogezegd. Oude Norrlandse aquavit.

Ik kan niet meer tegen sterkedrank, zei de schrijver. Tegenwoordig drink ik alleen nog maar likeur.

Bij vis, zei Olof Helmersson, is Norrlandse aquavit onovertroffen. Marene. Vlagzalm. Alver.

Bijna haar hele leven, zei de schrijver, dronk Alma Mahler een liter benedictine per dag. Ze is heel oud geworden.

Ik heb geen verlangen om oud te worden, zou Olof Helmersson dan zeggen.

Zonder benedictine, zei de schrijver, kan ik mijn eigen handschrift niet meer lezen.

Maar voor het zover was, voordat hij eindelijk vertrok, zou hij dus op de fiets de weg langs het huis van Holmgren in Klinten en langs het huis van Gideon nemen om van daar naar het huis van de Stenlunds te gaan.

Bij de plaatselijke redacteur bleef hij alleen in de deuropening staan en hij zei: Ik ga ervandoor.

Zo, nou, zei de plaatselijke redacteur.

Misschien kun je een kort berichtje schrijven, zei Olof Helmersson.

Wie geen bericht waard is als hij komt, zei de plaatselijke redacteur, die krijgt er ook geen als hij weggaat.

Gideon was buiten op zijn erf, hij had zijn witte stok in de hand. Heel zwaar en langzaam was hij op weg naar het privaat en naar de sloot die daarachter begon.

Marita zat in de bedbank in de kamer. Ze droeg een lichtgele jurk die heel goed van zijde kon zijn en een witte mousselinen sjaal om haar nek. Waar de knoopsluiting bij haar boezem bijna openging zat een broche met rode stenen. Haar haren waren gekamd en met een blauw lint in haar nek bijeengebonden.

Je gaat op zijn zondags gekleed, zei Olof Helmersson.

Ja, ze was wakker geworden met een gevoel in haar li-

chaam alsof het zondag was, om niet te zeggen een feest-
dag. En ze had zich ernaar gekleed.

En hij ging bij haar op de bank zitten.

Lieve Marita, zei hij, ik moest je nog een keer zien.
Om rust in mijn ziel te krijgen.

En met zijn wijsvinger raakte hij voorzichtig haar oor-
lelletje aan.

Het geld lag op een hoop op de ronde gelakte tafel
voor hen.

Daar ging ik wel van uit, ja.

Af en toe stak ze haar handen uit om in de biljetten
te woelen.

Heb je ze geteld, mijn dochter? zei Olof Helmersson.

Nee, nooit van z'n leven zou ze ze tellen! Dat zou een
ontzettende krenking zijn van Gerda, een belediging,
Gerda zou nooit iets hebben nagelaten wat niet voldoende
was, nee, van Gerda kreeg je altijd genoeg en meer dan
genoeg, niemand had Gerda ooit hoeven wantrouwen of
de boekhouding die ze achterliet hoeven controleren!

Maar, gaf Marita toe, ze had ze op de keukenvloer gelegd en ze met het meetlint nagemeten en ze had ze op
de keukenweegschaal gewogen.

En? zei Olof Helmersson.

Het is een reusachtig vermogen, zei Marita. Zo'n ge-
vaarlijke som heb ik zelfs nog nooit horen noemen.

Ja, zei Olof Helmersson. Je bent een heel rijke gemeente.

Ik ben nooit van mijn leven afvallig geweest, zei Marita.
Alle anderen wel, zo nu en dan.

Dat klopt, zei Olof Helmersson. Er zijn momenten dat
je niet bekeerd bent, maar ook niet onbekeerd. Dan ga je

of naar de ene of naar de andere kant.

Zelfs Gerda was een enkele keer weleens afvallig toen ze jong was, zei Marita.

Ja, zei Olof Helmersson. Gerda had een goed en vol leven.

Je mag toch ook in God geloven als je een afvallige bent? zei Marita. Als je daar zin in hebt? Ook als je je uit alle macht overgeeft aan de zonde?

Uiteraard, zei Olof Helmersson. De zonde is de hoofdzaak. Vrijwel alle afvalligen zijn gelovig.

Dus, zei Marita. Nu ik de benodigde middelen heb. Ik ga me in de zonde storten. En ik word afvallige.

Mijn dochter, zei Olof Helmersson. Daar zul je nooit spijt van krijgen.

Met al dit geld, zei Marita, kan een mens heel wat zonde plegen toch, papa?

Ja, zei Olof Helmersson. Bijna onbegrijpelijke hoeveelheden. De zonde is dikwijls verbazend goedkoop.

Het ergste is, zei Marita, dat het huis van de Stenlunds dan leeg komt te staan.

Een leeg huis meer of minder, zei Olof Helmersson, dat maakt in deze streken niets uit.

Ze zaten doodstil, hun ademhaling maakte dat de berg biljetten op de kolomtafel trilde en wiegde. Vanuit de wei boven hen klonk het belletje van het schaap.

Het is toch zo, papa, zei Marita, dat je als afvallige aan de kust veel meer plezier kunt hebben dan in Zuid-Zweden? Als je je in zonde wilt wentelen?

Ja, zei Olof Helmersson. Het aanbod is groter.